까만
눈동자

쓰러진 우리를 일으키는
비밀스러운 작업!

CONTENTS 까만 눈동자

Prologue

걷히고 있는 은빛 먹구름, 군데군데 고인 하늘을 담은 물웅덩이.
바람이 불어와 삐걱대는 옥상의 철문과 축축하게 젖은 나의 옷.
초록색 옥상 바닥을 나뒹굴고 있는 투명우산.
나의 기억은, 이렇게 시작한다.

까만 눈동자

제 1 장
기억의 아이들

'나'라는 아이

"다음에 또 이러면 가만있나 보자!"

아까부터 수업이 하나도 귀에 들어오지 않고 자꾸 딴생각으로 밀려들어 갔다. 아침에 만났던 그 이상한 여자애 때문인가. 생각해보면 특별히 이상한 행동을 한 것도 아니었다. 그저 새하얀 피부에 신비로운 느낌을 주는 단발머리를 하고 있었고 아침부터 계속 나를 빤히 쳐다보았다. 그러더니 깜짝 놀랄 만큼 차가운 손으로 뛰어가던 내 팔을 잡고 갑자기 오늘이 며칠이냐고 물은 것밖에는.

하지만 뭔가 상황으로는 이해가 되지 않지만, 그저 느낌으로만 이해되는 그 무언가가 있다. 뭔가 다른 친구들과는 달라 보였다. 이 동네에서 처음 볼뿐더러 아침부터 자꾸 나와 채연이, 찬희가 함께 생활하는 하숙집을 계속해서 기웃거렸다.

"정태윤! 교과서도 안 펴고 뭐 해? 오늘 조회에도 늦더니!"
담임선생님이자 사회 선생님이 나를 돌아보시며 소리쳤다. 선생님의 날카로운 시선에 정신이 퍼뜩 들어 서둘러 교과서를 폈지만, 그것도 잠시 나는 다시 그 기억 속에 빠지고 말았다. 특별히 이상하지도 않았지만, 그 짧은 순간이 계속해서 머릿속에 맴

돌았다.

"그럼, 여기까지."

선생님의 말씀에 다들 책을 덮고 하나둘씩 기지개를 켰다. 나도 멍하니 책을 덮었다. 채연이와 찬희가 내 옆자리와 앞자리에 와 앉았다.

"야, 일어나. 다음 교시 체육이라 체육복 갈아입어야 해."

채연이가 카랑카랑한 목소리로 다시 책상에 책을 베고 엎드리는 나를 깨웠다.

높게 하나로 묶은 긴 머리카락이 정신없이 찰랑거렸고 쌍꺼풀 없는 큰 눈으로 나를 당장 일어나라는 듯 쳐다보았다. 매번 치마 안에 체육복 바지를 입어 교문에서 늘 잡히고 우리보고 먼저 가지 말라고 붙드는 바람에 오늘도 지각을 간신히 면했는데 좋아하는 체육이라고 빨리빨리 준비하란다.

"아 얼른얼른 준비해."

채연이가 재촉했다. 일주일에 세 번 든 체육이지만 워낙 귀찮음이 많으신 체육 선생님께서는 수행평가를 제외하곤 우리가 하고 싶은 걸 마음대로 하라고 하신다. 그래서 체육 시간 이라기보다는 피구 시간이나 축구 시간이 맞다고나 할까.

"보나 마나 또 피구 할 게 뻔한데, 난 안채연한테 죽었다. 안채연이 적당히 세게 던져야지."

체육복을 갈아입으며 찬희가 고개를 절레절레 흔들었다.

"안채연이 좀 과하게 세긴 하지만 이찬희 네가 좀 많이 약한 면도 있긴 있잖아. 이참에 운동을 좀 하는 건 어때?"

까만 눈동자

"아 몰라. 아무튼 나는 운동이랑은 좀 안 맞는 것 같아."

찬희는 우리 셋 중에 공부는 제일 잘하지만 운동은 제일 못한다. 아, 물론 채연이가 좀 과하게 센 이유도 있지만 말이다.

이찬희, 안채연과는 반대로 선생님들이 좋아하는 모범생이다. 약간 곱슬끼가 있는 어두운 밤색 머리카락에 교복 단추를 맨 위까지 잠근다. 나는 답답해서 못 잠그는데.

역시나 다른 날과 다를 것 없이 피구 경기가 시작되었고 채연이가 던진 공이 정신없이 날아다녔다.

"아 안채연 좀 살살 던져 아프다고, 진짜!"

반장 윤새봄이 불만을 표출했고 채연이는 알았다고 크게 제스처를 취했지만 그렇게 조절하는 것 같지는 않았다.

퍼억!

채연이가 불을 뿜듯 던지는 공이 찬희의 얼굴을 강타했다.

"아!"

찬희가 짧게 소리치며 엉덩방아를 찧었다. 채연이도 머리가 맞을 줄은 몰랐는지 찬희에게 뛰어오며 말했다.

"미안! 진짜로 머리에 맞을 줄은 몰랐어. 괜찮아? 어떡해. 진짜 미안."

채연이가 두 손을 맞대고 흔들며 말했다.

"네가 죽으라고 던진 공을 그것도 머리에 맞았는데 어떻게 괜찮겠냐?"

내가 툭 뱉듯이 말했다.

그런데 왜인지 채연이의 얼굴에 회색빛이 스쳐 지나갔다. 어느 부분에서일까. 그 회색빛을 인지했지만 왜인지 묻기도 그래서 그냥 모른 척했다. 눈치가 빠른 찬희는 그 묘한 느낌을 눈치챘는지 자기는 괜찮다며 일어났다가 다시 중심을 잃고 털썩 주저앉았다. 그 느낌은 착각이었는지 채연이는 찬희가 넘어진 걸 보고 깔깔대며 웃어댔다. 찬희가 바지를 털며 일어나 깔깔대는 채연이를 잠시 어이없게 바라보다가 자신도 피식 웃었다.

피구가 끝나자 3월 말이라는 날씨에 맞지 않게 다들 땀을 뻘뻘 흘렸다. 음수대에 달라붙어 물을 벌컥벌컥 마시거나 매점에서 음료수를 사 마시기 위해 동전을 세는 친구들도 더러 있었다. 나도 매점이나 갈까 하다가 몇천 원밖에 남지 않은 지갑을 보고 관두었다. 하교할 때 사용할 버스비를 남겨 두어야 한다.

드르륵.
뒷문이 열리더니 이준호가 들어왔다. 귀에 주렁주렁 달린 피어싱이 번뜩였다.
돈을 꺼내던 친구들이 멈칫하더니 다시 돈을 가방에 밀어 넣거나 주머니에 구겨 넣었다.
"저 녀석 또 시작이네."
옆에 앉아 다음 수업을 준비하고 있던 찬희가 작게 중얼거렸다.
이준호는 삐딱한 자세로 어슬렁거리더니 친구들을 차례로 쭉 훑었다. 그러다가 성큼성큼 채연이의 앞에 다가와 멈추어 서더니 말했다.

"야 안채연. 나 천 원만."

그리고 오늘의 첫 타자는 채연이가 되었다.

"싫어. 나 돈 없어. 그래서 나도 지금 매점 가고 싶은데 못 가고 있거든?"

"야, 설마 천 원도 없겠냐. 내가 오천 원을 달라고 한 것도 아니고 천 원만."

이준호가 말하며 얼른 돈을 내놓으라는 듯이 한쪽 팔을 까딱거렸다.

"아 싫어 나 없다고."

채연이가 책상 사물함에서 교과서를 꺼내며 신경질적으로 말했다. 그러자 이준호는 짜증 난다는 듯이 머리를 쓸어 넘겼다.

"아니 그냥 좀 주면….."

"그래, 그냥 좀 줘 채연아."

누군가 준호의 말을 자르며 말했다. 누군가 싶어 고개를 들어 보니 우리 반 반장 윤새봄이었다.

"그렇게 큰돈도 아니고. 그냥 천 원 주고 말어. 일 크게 벌리지 말자고."

채연이가 어이가 없다는 듯이 윤새봄을 쳐다보았다. 묘한 긴장감이 조성되었다. 친구들은 자신이 그냥 이 일에 관련되고 싶어 하지 않는 눈치였다. 그 정도로 이준호의 악명은 높았다. 윤새봄 쟤는 또 왜 저럴까. 채연이의 눈은 금방이라도 일어나 한 대 칠 듯이 이글거리고 있었다.

"아 빨리."

준다고 한 적도 없는데 이준호가 어서 달라며 재촉했다.

"그냥 말을 말자. 내가 왜 너를 상대하고 있는지 모르겠다."

채연이는 준호를 무시하고 자리에 엎드려 버렸고 준호가 다시 신경질적으로 탈색한 머리를 쓸어 넘겼다. 방금까지 채연이에게 돈을 주라고 말하던 윤새봄은 자신은 모르는 일이라는 듯이 핸드폰을 두들겨댔고 이 상황을 아무도 말리지 않았다. 그때 잘못 본 것일까, 엎드려 있는 채연이의 주먹이 터질 듯 꽉 쥐어져 있었다. 워낙 자존심이 세서 그런가 보다, 하고 나도 이 상황을 유연하게 모면할만한 좋은 방법을 생각해내기 위해 열심히 머리를 짜내고 있었다. 하지만 나보다 찬희가 한발 더 빨랐다.

"아 준호야 그냥 내가 천 원 줄게."

착해 빠진 이찬희는 자기 지갑에서 천 원 한 장을 꺼내 이준호에게 내밀었다.

"오, 감사."

엎어져 있던 채연이가 이게 무슨 소리냐는 듯이 벌떡 일어났고 윤새봄은 다른 친구의 책상에 앉아 핸드폰을 보다가 어깨를 으쓱하고는 핸드폰에서 눈을 떼지 않은 채로 자기 자리로 돌아갔다.

"야!"

이준호 쟨 자존심도 없는지 천 원을 받고는 뒷문으로 나가 버렸고 채연이가 고개를 휙 돌려 찬희를 쳐다보며 소리쳤다.

"야, 그 돈을 네가 왜 줘? 돈이 없으면 자기가 벌어다 써야지! 너 진짜 호구냐? 그 돈도 네가 아르바이트해서 번 돈이잖아!"

까만 눈동자

채연이가 언성을 높였다. 친구들의 시선이 집중되자 찬희가 황급히 채연이의 입을 틀어막았고, 채연이가 찬희의 팔을 팍 쳐냈다. 화가 단단히 난 모양이다.

"맞아. 필요하면 어떻게 해서든지 자기가 마련해야지. 게다가 쟤 백 퍼센트 저 돈 안 갚아. 그렇게 돈을 뜯기고도 아직도 모르냐?"

나도 한마디 거들었다.

하지만 바보같이 착한 이찬희는 괜찮다며 씨익 웃었다. 정말 속 터지네. 뭐가 괜찮다는 거야. 채연이는 눈을 감고 한숨을 푹 내쉰 뒤 책상에 엎드렸다. "일 잘 해결됐으면 괜찮은 거지 뭐." 하는 찬희를 보며 갑자기 이런 친구가 화가 나면 어떤 모습일지 문득 궁금해졌다.

이 애가 화나는 감정이 있기는 할까, 생각하는데 채연이가 책상을 쾅 내리쳤다.

"아오, 열 받아. 다음에 또 이러면 가만있나 보자!"

어찌나 세게 내리쳤던지 몸이 움찔했다.

"야, 화가 나는 건 알겠는데 책상 부서지겠다."

내가 말했지만 그대로 씹혔다. 그리고 그런 채연이를 보며 다른 질문이 떠올랐다.

"그런데 넌 왜 남자애들하고만 노냐? 하숙집에서 같이 지낼 때는 몰라도 학교에서는 다른 여자애들이 많은데 왜 굳이 우리하고만?"

내가 묻자 채연이가 무슨 그런 어이없는 질문이 있냐는 듯이 나를 쳐다보았다. 하긴, 너무 갑작스러운 질문이었나. 채연이가 성의 없이 대답했다.

"몰라. 여자애들하고 놀면 피곤해."

"너도 여자애면서. 우리도 너랑 놀면 피곤하거든?"

어이없는 대답에 건성으로 말했다가 사지가 부서질 뻔했다.

까만 눈동자
"네가 내 이름을 어떻게 알아?"

점심시간, 이름을 알 수 없는 풀떼기들만 가득한 식판을 들고 자리에 앉았다. 동그랑땡 같은 인기 있는 음식은 참 조금 주시는 것 같다. 맛없는 나물은 식판 가득 담아 주시면서.

된장국을 숟가락으로 휘휘 젓고 있는데 내 식판 위에 언제나처럼 채연이의 젓가락이 날아들었다. 나는 동그랑땡을 조준하는 젓가락을 노련하게 막아 냈지만, 고개를 돌려 보니 채연이의 식판 위에 다른 친구들의 반찬보다 많은 동그랑땡이 담겨 있는 것을 보니 이미 찬희의 식판을 털은 모양이다. 나는 젓가락을 막아 내는 짬밥이 생긴 편이었지만 찬희는 이젠 포기한 듯 보였다. 찬희는 채연이의 식판에 담긴 자신의 것이었던 동그랑땡을 애처롭게 바라보다가 건더기 하나 없는 국을 떠먹었다. 채연이에게 다른 반찬을 또 뺏길까 나도 서둘러 밥을 입 안에 밀어 넣었다.

남들보다 먹는 속도가 빠른 나는 일찌감치 밥을 다 먹고 급식실 밖으로 나왔다. 채연이와 찬희를 기다릴까 하다가 그냥 가자 싶어 느릿느릿 계단을 올라가는데 누군가 위에서부터 빠르게 계단을 뛰어 내려오는 것이 보였다. 우리 학교는 계단이 가파른 편이라 계단을 내려갈 때는 밑을 보면 아찔해지기도 해서 점심 레이스를 펼칠 때를 제외하곤 잘 뛰지 않는다. 게다가 선생님께 걸리면 태도점수가 가차 없이 깎일 것이 분명하다. 위에서 뛰어 내려오던 아이는 신비로운 느낌을 주는 단발머리를 찰랑이며 순식간에 내 옆을 스쳐 지나갔다. 그때 위에서 빨간 재킷을 입은 남자애가 나를 향해 뛰어 내려오며 외쳤다.

"저기! 어, 그래 거기 너! 저 여자애 좀 잡아 줘!"

빨간 재킷을 입은 남자애가 가리키는 사람이 나라는 사실을 알고 아까 뛰어 내려간 단발머리에게 다시 고개를 돌렸다. 하지만 벌써 일 층까지 내려와 운동장으로 나가는 문을 밀어 열고 있었다. 다시 고개를 돌려 아까 남자애를 쳐다보자 빨간 재킷은 어느새 내 옆에 와 숨을 고르고 있었다. 그 애가 숨을 헐떡이며 물었다.

"놓쳤어?"

나는 얼결에 고개를 끄덕였다.

짙은 갈색 머리카락을 바가지컷으로 자른 빨간 재킷이 머리를 쥐며 말했다.

"아, 강서리! 여기 오면 안 된다니까 진짜 계속 와! 지금 선생님 딸이라고 다 해 먹겠다는 거야? 1등이면 봐줄 줄 아나."

아까 뛰어 내려가던 여자애의 이름이 강서리인 모양이다. 이름 한번 특이하네, 생각하다가 그 빨간 재킷과 눈이 마주쳤다. 갑자기 빨간 재킷의 눈동자가 세차게 흔들렸다. 그러곤 중얼거렸다.

"정태윤?"

나는 흠칫 놀라 살짝 뒷걸음질 쳤다.

"네가 내 이름을 어떻게 알아? 난 널 모르는데?"

혹시나 교복에 달려 있는 명찰을 보았나 싶어 옷차림을 확인해 보았지만, 교복 위에 후드집업을 입고 있어 명찰이 보이지 않았다. 빨간 재킷은 대답을 해주기는커녕 대뜸 말했다.

"미안해."

"응?"

"진짜 미안해. 저번에 내가 막말한 것 사과할게."

"저기, 도대체 뭐가 미안하단거야? 난 너에게 막말을 들은 기억이 없는데."

다시 빨간 재킷이 고개를 들어 나를 보았다. 그러더니 말했다.

"정말이네. 이 정도로 낯설 줄 몰랐어. 신경 쓰지 마. 내 마음 편하자고 하는 말이야. 기억도 못 하는 너에게 내 마음 편하자고 사과하는 날 좀 용서해줘라. 정말 미안하다."

알 수 없는 말만 해댄 빨간 재킷은 다시 인사를 하곤 아까 서리라고 한 단발머리가 뛰어간 곳으로 다시 달려갔다. 무슨 상황인지는 모르겠지만 아까 미안하다고 말한 애가 나와 다른 사람을 착각한 듯했다. 나는 그 애를 전혀 모르니까.

까만 눈동자

김우민.

우리 학교 교복이 아니었지만 일단 입고 있던 교복에 박혀 있던 명찰을 힐긋 보았다.

다음 날 아침, 어제보다 일찍 알람을 맞추고 잤는데도 찬희는 벌써 일어나 교복 단추를 잠그고 있었다.

"와, 이찬희 벌써 일어난거임? 하여튼 부지런한 건 알아줘야 한다니까."

나는 어제 제대로 말리지 않고 자버려 여기저기 뻗어 버린 머리를 털며 일어나 칫솔을 꺼내 화장실로 들어갔다.

오늘따라 화장실 거울이 유난히 깨끗했다. 아주머니가 청소를 하신 모양이었다. 아주머니는 항상 인자하게 웃고 계셨는데 어느 날 이름을 물었을 때 루나라고 하셨다. 토종 한국인이신데 무슨 이름이 루나람. 하지만 아주머니가 '이 하루도' 라는 곡을 콧노래로 흥얼거리며 설거지를 하실 때에는 뭔가 따뜻한 기분이 들었다. 한 달에 20만 원밖에 안 하는데 이 정도로 좋은 하숙집이 어디에 있을까 하는 생각이 들 정도로 하숙집 환경이 좋았고, 매우 저렴했다.

칫솔에 치약을 쭉 짜며 오늘따라 유난히 깨끗한 거울을 빤히 들여다보았다. 알고는 있었지만, 거울을 자세히 들여다보니 내 눈동자가 남들보다 많이 까매 보였다. 내 피부는 조금 까만 편이긴 하지만 완전히 까맣지는 않다. 아무래도 멜라닌 색소가 눈동자로만 모인 모양이라며 언젠가 채연이가 깔깔댔던 기억이 있었다. 아무래도 워낙 까맣다 보니 빤히 들여다보고 있으면 마치 눈동자 속으로 빨려 들어가는 기분이랄까. 내 눈동자를 이렇게 빤히 들여다본 적은 처음이라 칫솔을 세면대에 내려놓고 잠깐동안 내 눈동자를 빤히 들여다보았다.

삐 -

갑자기 귀에서 이명이 들렸다.

"어?"

나는 아무것도 하지 않았는데 시야가 일렁이는 듯 보이더니 이내 눈앞이 희뿌옇게 보이며 머리가 핑 돌았다. 눈을 한 번 감았다 뜨려 해도 몸이 말을 듣지 않았고 사방이 보이지 않았다. 갑자기 머리가 아파져 왔다. 하지만 감기에 걸린 것 같은 두통과는 거리가 멀었다. 눈을 감고 싶어 애썼지만, 눈꺼풀은 꼼짝하지 않았고 거울 속 내 눈동자에는 어느새 어쩌면 간절히 잊기를 바랐던 단편의 기억이 그려져 있었다.

유일한 기억의 조각

"돌아올게."

그 기억 속에는 아주 시끄럽게 쏟아지는 빗소리가 들렸고 주변은 옥상이었으며 아래로는 자동차들이 물을 잔뜩 머금은 시멘트 도로를 질주하는 소리가 아득하게 들려왔다. 내 앞에는 어떤 애가 한 명 서 있었는데 낯선 교복을 입고 있었다. 그리고 그 모습은 엉망이었다. 얼굴은 희뿌옇게 보여 보이지 않았지만, 그 형태는 뚜렷하게 보였다. 하얀 운동화를 신고 있었는데 흙탕물에 빠졌는지 얼룩이 크게 있었고 반대쪽 발의 신발은 벗겨져 흠뻑 젖은 흙탕물에 물든 하얀 양말만 신고 있었다. 홀딱 젖은 바람막이에 한쪽 어깨 부근이 흘러내려 있었으며 넥타이는 돌아가 있었다.

그 애가 말했다.

"그럼 가."

그 말을 들은 기억 속의 내가 물었다.

"잘 가가 아니고?"

그 애가 다시 말했다.

"가. 잘 가지 말고 그냥 가. 잘 가게 된다면 넌 안 돌아올 거잖아."

그렇게 말하며 그 애가 흐느꼈다. 기억 속의 내가 쓰게 웃으며 말했다.

"돌아올게."

"거짓말."

"진짜야."

"거짓말. 나가는 이상, 끝이라고. 나간 애들 중에 돌아오는 친구를 본 적이 없어!"

그 말을 들은 기억 속의 내가 그 애에게 살짝 다가서며 다시 말했다.

"나처럼 간 친구도 없었잖아."

잘게 흐느끼던 그 애가 고개를 들었다. 하지만 얼굴은 여전히 보이지 않았다. 그 애가 말했다.

"그렇다면 이제 가. 가서 이젠 잊어."

그 말을 들은 기억 속의 내가 다시 입을 열었다. 하지만 그와 동시에 다시 배경이 일렁이더니 나는 화장실 바닥에 주저앉으며 가까스로 그 기억 속에서 헤어 나올 수 있었다.

찬희가 뛰어와 화장실 문을 열었다.

"야, 괜찮아? 넘어지는 소리가 나서 놀랐잖아!"

"어? 아, 응."

겨우 정신을 차린 나는 화장실 문손잡이를 잡고 일어났다. 바닥에 물기가 남아 있어서 바지가 젖어 버렸다. 뭔가 내가 간절히 원해서 잊은 기억을 떠올린 듯했다.

"야, 너 정말 괜찮은 거 맞아?"

옆에서 찬희가 물었다. 머릿속 깊은 곳에 잊혀진 기억이. 아니, 남겨진 기억의 조각이 천천히, 그러나 꾸준히 수면 위로 떠오르고 있었다.

"정태윤, 나 2,000원만 빌려줘라."

찬희가 지갑을 열어보더니 말했다.

"왜?"

"나 지갑에 1,000원밖에 안 남았어. 버스비가 부족해서 그래.

아르바이트 돈 들어오면 줄게."

"오케이. 나중에 내 버스비 대신 내 줘 그럼."

지갑에서 2,000원을 꺼내 찬희에게 내밀었다.

우리 학교는 야간자율학습이 없다. 따라서 우리 셋은 하숙집 생활비를 내기 위해 아르바이트를 해서 돈을 번다. 고작 고등학교 2학년에게 주어지는 시급이 그리 넉넉하진 않아 주말에도 대부분 아르바이트를 한다. 그러고 보니 채연이와 찬희는 언제부터 하숙집에서 생활했는지 모르겠다. 고등학생이 하숙집에서 생활한다는 것은 충분히 이상한 일인데. 나도 잘 모르겠다. 언제부터 왜 하숙집에서 생활했는지. 그냥 정신을 차려 보니 하숙집에서 이렇게 생활하고 있었던 것 같은데. 아마 열여섯 살 때부터였나? 그전에는 어떻게 살았는지 잘 기억이 나지 않는다. 아니, 전혀 기억이 나지 않는다. 마치 필름이 끊긴 것처럼. 그리고 이상한 점이 하나 더 있다면 나는 내 가족이 누구인지, 예전에는 어떻게 살았는지 별로 궁금하지도 않다. 그냥 그럭저럭 살았으니 이렇게 살아있는 거겠지 싶다. 이런 생각을 하면서도 내가 정말 이상한 애라는 사실을 알 수 있었다. 보통은 내가 누구인지에 대해 심각하게 고민을 하며 떠올리려 애쓸 텐데 말이다.

한 번도 본 적 없는 부모님을 그리워해 본 적도 없고, 내가 왜 이렇게 살고 있는지 곰곰이 생각해 본 적도 없다. 그냥 생각이 안 된다. 아무리 떠올리려 해도 고등학교 입학 전에는 생각이 안 난다. 흐릿하게도 아닌 그냥 가위로 싹둑 자른 듯이. 그런데 내가 오늘 아침 기억 속에서 본 그 애는 누구였을까. 전혀 떠오르지 않는 기억들, 그리고 유일한 기억의 조각 속 나타난 그 애. 엉망인 옷차림으로 가라는 말은 또 무슨 뜻일까. 그 기억의 조각이, 내가 생각해 낸. 기억해 낸 유일한 기억일 뿐이었다.

진지하게 고민을 하고 있었건만 뒤에서 채연이가 책상에 가방을 텅 소리 나게 내려놓으며 비명처럼 외쳤다.

"다다음주부터 시험이야! 너무 싫어!"

우리 중 성적이 제일 낮은 채연이가 머리를 싸매며 책상에 엎어졌다. 나도 성적이 그렇게 좋은 편이 아니라 혹시라도 성적이 폭탄 맞으면 어쩌나 걱정이 되기는 마찬가지였다. 성적에 연연하지도 않지만, 너무 폭삭 망하면 미래가 걱정되기는 하니까.

"이 주나 남았는데 천천히 공부하면 되지."

우리 중 성적이 제일 높은 찬희가 속 편한 소리를 했다. 물론 위로는 조금도 되지 않았고 말이다.

드르륵.

뒷문이 열리며 이준호가 들어왔다. 갑자기 반 분위기가 싸해지며 친구들은 준호를 힐끗거렸다.

"오늘은 또 누구 삥 뜯으려고…."

채연이가 이를 아드득 갈며 중얼거렸다. 이준호는 삐딱한 자세로 교실을 어슬렁거리더니 우리 앞에 섰다. 또 우리야?

"야, 이찬희. 오천 원만 주면 안 될까?"

기가 찼다. 어제 천원까지 받아먹은 주제에 또? 게다가 다섯 배나 오른 값이다. 적은 돈도 아닌 말을 참 쉽게도 한다.

"미안. 나 오늘은 진짜 돈 없어. 버스비도 태윤이한테 빌린

까만 눈동자

거야."

"그래? 근데 진짜로 오천 원도 없어?"

"어. 나 오늘은 진짜 돈 없어."

"진짜? 나 정말 딱 오천 원만 주면 되는데 그것도 없냐 설마~"

약간 비꼬듯이 말하는 말투에 앞에 엎드려 있던 채연이가 따가운 눈빛으로 이준호를 쏘아보았다. 아니 돈 없다는 애한테 도대체 왜 이래? 우리도 우리가 아르바이트 해서 버스 타고 다니는데!

"찬희야 오천 원 얼마 하지도 않는데 그냥 줘."

익숙한 목소리가 들린다. 뒤를 돌아보니 반장 윤새봄이다. 어제랑 똑같은 상황. 반 친구들을 둘러보니 나서지 않고 숨을 죽인 채 이 팽팽한 상황을 지켜만 보고 있었다. 이대론 안 되겠다 싶었는지 채연이가 선생님을 부르러 자리에서 벌떡 일어났다. 내가 힐끗 쳐다보니 채연이가 입 모양으로 벙긋거리며 말했다.

"선생님 모셔 올게."

내가 손으로 오케이라는 제스처를 취했다.

채연이가 뒷문을 열려 손을 뻗을 때 누군가가 채연이 앞을 가로막았다. 우리 반 모범생인 유성현이였다. 각종 대회에서 상을 휩쓸고 똑 부러지는 성격에 높은 성적을 유지해 선생님들의 사랑을 독차지하는 아이. 게다가 전교 3등이다. 선생님들이 아끼는 학생인 이유가 여기에 있다.

"선생님 모시러 가?"

유성현이 물었다.

"어. 저러다가 싸움 날 것 같아."

채연이가 건성으로 대답한 뒤 문으로 손을 뻗는 데 이어 나온 유성현의 말에 채연이의 팔이 멈칫했고 나 또한 그곳으로 시선이 고정되었다.

"부르지 마. 그냥 우리끼리 조용히 해결하자."

성현을 쳐다보니 정말로 가지 말라는 듯이 살짝 인상을 쓰고 있었다. 항상 친구들에게 친절하고 선생님들도 다 좋아하는 성현이라 좋은 친구라고 생각했는데, 지금 보여준 성현의 모습은 여태까지 자신이 보여준 이미지와는 상반되는 모습이다. 잠시 유성현을 빤히 쳐다보았다.

그때였다.

"그만해!"

우당탕 소리가 나며 친구들의 시선이 소리가 난 쪽으로 쏠렸다. 고개를 돌린 내 눈에 들어온 것은 나뒹굴고 있는 의자와 처음 보는 이찬희의 화난 모습이었다.

친구들도 모두 당황한 듯 보였다. 맨날 바보처럼 당하거나 좋은 모습만 보여주던 찬희에게 이런 모습이 있을 줄이야. 웅성거림이 파도처럼 교실로 퍼져나갔다. 이준호도 벙찐 표정으로 찬희를 쳐다보았고 찬희는 고개를 들어 준호를 잡아먹을 듯이 노려보았다. 도대체 내가 성현이와 채연이의 이야기를 듣고 있을 때 무슨 둘 사이에 무슨 말이 오갔던 거야?

채연이가 단숨에 달려가 찬희의 팔을 잡으며 외쳤다.

"이찬희!"

찬희가 잠시 움찔했다. 그러더니 문 쪽으로 고개를 돌렸다.

"야… 이찬희 너"

내가 혼잣말을 하듯 중얼거렸다. 그 모습을 본 찬희는 다시 채연이에게 고개를 돌렸고 채연이가 한마디, 한마디씩 천천히 뱉었다.

"이찬희, 진. 정. 해. 너 지금 너무 흥분했다."

찬희의 시선이 바닥으로 떨어졌다. 이대로 끝인가 싶었지만 이내 이찬희는 의자를 던질 때 함께 떨어진 가방을 주워 들고 필통을 가방에 쑤셔 넣더니 그대로 가방을 메고 교실 밖을 나갔다.

"야! 너 어디 가?"

나와 채연이가 찬희를 따라 계단으로 쫓아갔다. 그 순간 누군가가 내 팔목을 뒤에서 낚아챘다. 뒤를 돌아보니 어제 아침에 보았던, 신비로운 느낌을 주는 단발머리의 여자애가 서 있었다. 그 단발머리의 손이 깜짝 놀랄 만큼 차가웠다. 순간 채연이의 동공이 커다래졌다.

"가지 마."

그 여자애가 말했다.

"찬희에게는 내가 가 볼게. 너희는 그냥 수업에 들어가. 걱정 말고."

"저기… 너 누구야?"

내가 물었다. 그 단발머리가 머뭇거리다가 이내 답했다.

"원래는 네가 찬희에 대해 더 잘 알았지만, 지금은 내가 더 잘 알아. 그러니까 걱정하지 마. 채연아, 너는 내가 누군지 알지?

태윤이 좀 데려가서 진정시켜 줘."

채연이가 고개를 끄덕이고 내 팔을 잡아끌었다. 나는 상황을 전혀 따라가지 못하고 있었지만 그냥 순순히 끌려 왔다. 교실로 돌아온 후 채연이에게 폭풍 질문을 쏟아 부었지만 채연이의 머릿속은 다른 세상을 여행하는 듯했다. 나도 질문을 멈추고 나의 생각으로 돌아갔다.

강서리.

아까 본 단발머리. 낯선 교복에 박혀 있던 이름. 하숙집 주변을 맴돌며 오늘이 며칠이냐고 물었던. 빨간 재킷 김우민이 쫓던 애. 강서리의 존재가 궁금해졌다.

결국 찬희는 학교가 끝날 때까지 돌아오지 않았고 채연이와 둘이 하교를 하게 되었다.

이찬희 이 녀석, 아르바이트는 갔으려나 싶은 생각이 들었다.

"찬희가 그럴 애는 아닌데 당황스럽지 않았냐?"

한동안 말이 오가지 않자 채연이가 답답했는지 먼저 말을 뱉었다.

"그건 그래. 좀 당황스럽긴 하지. 근데 걔가 얼마나 화가 났으면 그랬겠냐. 그런데 아까 성현이랑 너 이야기 듣느라 찬희 말을 못 들었는데 도대체 둘이 뭔 얘길 했길래 찬희가 그렇게 화가 났는지 원."

내가 중얼거렸다.

때마침 횡단보도의 신호등이 초록불로 바뀌었다. 6차선 도로로 자동차들의 속도가 꽤 빠른 편이었지만 도로에는 차가 없었다.

까만 눈동자

횡단보도를 건너며 채연이가 입을 열었다.

"짐작은 조금 가는데…."

빠앙-!

하지만 채연이가 말을 채 끝맺기도 전에 승용차 한 대가 신호
위반을 하며 우리를 향해 달려왔다.

끼이익!

타이어가 아스팔트 바닥을 긁으며 나는 소리가 고막을 찔렀다.
운전자는 급하게 브레이크를 밟았지만 이미 속도가 붙어 있던
차는 쉽게 멈추지 않았고 채연이보다 조금 더 앞서 있던 나를
치었다.

"으악!"

다행히 살살 부딪쳐 다른 곳은 다치지 않았지만 넘어지며 몸
아래에 깔린 팔에 통증이 밀려왔다. 차에서 어떤 아저씨 한 분
이 내리시더니 다급히 물으셨다.

"학생, 괜찮아?"

괜찮다고 말하고 싶었지만 솔직히 팔이 엄청나게 아팠다. 아저
씨는 핸드폰을 꺼내 119를 부르는 듯 보였다.

"야, 안채연."

채연이에게 도와달라고 말하려 고개를 돌렸다. 그런데 채연이
는 그 자리에 못 박힌 채 서 있었고 얼굴은 끔찍한 것을 보았다
는 듯이 잔뜩 일그러져 있었다.

"야, 너 왜 그래?"

내가 물었다. 하지만 아무 말도 없이 일그러진 표정으로 나를

쳐다보던 채연이는 이내 뒷걸음질 치더니 하숙집에 가는 방향과는 정반대의 길로 뛰어갔다.

"야! 너 어디 가?"

내가 큰 소리로 불러 보았지만 들은 체도 하지 않고 계속 다른 방향으로 뛰어갔다. 곧 구급차가 왔고 구급차는 나를 태우고 병원으로 향했다. 하지만 달려가는 동안에 내 머릿속을 가득 채운 것은 잔뜩 찌푸린 안채연의 모습이었다.

병원에서는 차에 부딪히며 몸 아래에 깔린 팔이 부러졌다고 했다. 간호사분이 오셔서 팔에 석고 깁스를 감으셨다.

"야! 정태윤 너 괜찮아?"

저 멀리서 찬희가 뛰어왔다. 채연이에게 내 소식을 들은 모양이다.

"그건 내가 물을 말인데. 학교도 째더니. 아, 그나저나 안채연은? 아까 이상한 곳으로 막 뛰어갔는데 전화 좀 해 줘라."

내 말에 찬희의 표정이 구겨졌다가 도로 펴졌다.

"채연이는 밖에 와 있어. 그냥 좀 놀랐나봐. 눈앞에서 친구가 차에 치였는데 안 놀라는 친구가 어디에 있냐?"

"뭐야, 심하게 치이지도 않았거든? 그냥 아래 깔린 팔이 부러지기만 한 거래. 통뼈가 아니라서."

채연이가 왔다는 말에 조금은 안심이 되었다. 찬희는 채연이를 데리고 오겠다며 잠시 밖으로 나갔다. 교통사고를 낸 아저씨가 미안하다며 거듭 사과하셨고 부모님 전화번호를 물으셨다. 잠시 고민하다가 말했다.

까만 눈동자

"저 부모님 없는데요."

하지만 곧 그 아저씨의 입가에 떠오른 비릿한 미소에 방금 한 말을 후회했다. 그때였다.

덜컹.

병원의 유리문이 열리며 트레이닝 복 차림의 어떤 아저씨가 들어오셨다. 교통사고를 내신 아저씨보다 몇 살은 더 어려 보였는데 뛰어오셨는지 머리가 잔뜩 흐트러져 있었다. 그 아저씨는 주변을 두리번거리다가 나를 보고는 내 쪽으로 성큼성큼 걸어오시더니 내 어깨에 손을 올리며 말씀하셨다.

"제가 이 학생의 보호자입니다."

순간 교통사고를 낸 아저씨의 멈칫하는 모습이 눈에 들어왔다. 나 또한 놀랐다. 처음 보는 아저씨가 갑자기 내 보호자라고 하니 말이다.

"네? 아저씨가…."

내가 무어라 말하려 하자 어깨 위에 얹어진 아저씨의 손에 살짝 힘이 들어갔다. 가만히 있으라는 뜻처럼 느껴져 입을 다물었다. 이상했지만 그래도 나쁜 사람 같아 보이진 않았으니까. 아저씨를 올려다보았다. 어째 누군가와 비슷한 느낌을 받았다. 그 누군가가 누군지는 잘 모르겠지만 말이다. 그리고 내 어깨 위에 올려진 손이 매우 차가웠다.

"밖에 친구들이 기다린다. 얼른 나가봐라."

누구시냐고 묻고 싶었지만 어쩐지 내가 아주 잘 알고 있는 사람이라는 기분이 들었고, 그 아저씨 또한 나를 잘 알고 있는 듯 보였다. 나는 아저씨에게 꾸벅 인사를 하고 병원 복도로 나가는 유리문을 열었다. 그리고 찬희와 채연이를 찾아 두리번거리다가 그 자리에 우뚝 섰다.

강서리? 쟤가 왜 여기에 있는 거지?

내 눈에 들어온 장면은 가운데에 앉아서 훌쩍거리는 채연이와 양옆에 앉은 강서리와 이찬희였다.

강서리, 정말 찬희와도 아는 사이야? 쟨 도대체 누구지?

나는 그들이 있는 자리로 걸어갔다.

"너희 거기서 뭐 해?"

내가 한마디 하자 셋 다 고개를 들어 나를 쳐다보았다. 서리가 흠칫 놀라더니 벌떡 일어나 먼저 간다며 빠르게 병원을 벗어났다. 울었는지 눈가가 빨갛게 물든 채연이와 당황한 찬희의 모습이 낯설었다. 내가 물었다.

"너희들 다 저 강서리와 아는 사이야?"

느낀 것인데, 내 표정이 썩 좋지는 않을 것 같았다. 기분도 썩 좋지 않았으니까. 그 둘은 놀랐는지 동공이 커다래졌다.

"네가 서리 이름을 어떻게 알아?"

찬희가 벌떡 일어나며 물었다. 채연이가 덥석 찬희의 옷깃을 잡으며 말렸다. 하지만 채연이도 정말 당황한 듯 보였다. 우리 셋 사이에 어색한 기운이 감돌았다.

"그야 아까 찬희 따라가지 말라고 할 때 명찰 봤지. 근데 그 교복도 우리 학교 교복이 아니더라. 도대체 쟨 누구야? 저번부터 우리 하숙집 기웃거리던데."

미간이 구겨졌다. 채연이가 한숨을 푸욱 내쉬더니 말했다.

"가면서, 가면서 이야기하자."

기억이 사라진 아이들

"장난칠 기분 아니야."

병원을 나서자 이미 해가 넘어가 주변이 깜깜했다. 교통사고는 아까 자신이 보호자라고 말하던 그 아저씨가 해결했다고 한다. 어차피 어떻게 해야 할지도 몰랐는데 잘 됐다. 이런 골치 아픈 일은 딱 질색이니까.

터벅 터벅.

무거운 발걸음 소리가 골목을 울렸다. 그리 말하기 힘든 문제도 아닐 텐데 아무도 입을 열지 않았다. 그 때문에 내가 더 긴장하게 되었고 말이다. 곧 채연이가 우뚝 멈춰 서서 주택단지 쪽에 있는 계단을 가리켰다.

"앉아봐."

그렇게 우리 셋은 주택단지에 있는 돌계단에 모여 앉았다. 학교 테라스 같은 곳이었다. 찬희가 깊은 한숨을 내쉬었다.

"너도 우리랑 같은 애였다니."

"같은 애라니?"

내가 얼른 물었다. 하지만 채연이는 내 말에는 대답하지 않고 찬희의 말에 반응했다.

"고등학생이 하숙집에 갑자기 들어와 같이 살 때부터 이상하긴 했지만 진짜라니."

"너희 지금 무슨 소리를 하는 거야?"

내가 목소리를 높이며 물었다. 그러자 찬희가 왠지 모를 싸늘한 눈빛으로 나를 쳐다보며 물었다.

"말해봐 정태윤. 너 몇 살 때 이후의 기억이 없어? 어디서부터 기억이 시작되었고 어디서부터 기억이 끊겼어?"

목덜미가 아찔했다. 아니, 나만 그런 게 아니었어? 찬희와 채연이도 나와 마찬가지야?

"열… 다섯 살. 아니, 열여섯인가."

둘의 눈이 잠시 커졌다.

"우리도 열여섯인데. 정확히는 열다섯의 12월. 거의 열여섯이지."

"중요한 건 그게 아니잖아. 너희도 기억이 없다고? 아니, 사실 모든 사람들이 다 옛날의 기억이 없는 거야? 그게 말이 돼?

내가 흥분해 물었다. 채연이가 내 어깨를 지그시 누르며 말했다.

"모두가 없는 건 아니야. 몇 명만 없는 거지."

"도대체 왜?"

"그야… 서리가 우리의 기억을, **가져갔으니까.**"

잠깐의 침묵이 이어졌다. 곧 내가 다시 말했다.

"장난칠 기분 아니야."

"우리도 장난치는 것 아냐."

짧은 대답이 돌아왔다. 그들은 진실을 말하고 있다는 눈빛을 보냈고 나는 믿을 수밖에 없었다. 사실 말도 안 되는 이야기인데 이상하게 믿겼다. 믿기면 더 이상한 건데 믿겼다는 말이다. 내가 물었다.

"그럼 서리는 우리의 기억을 왜 가져간 건데?"

둘의 표정이 급격하게 어두워졌다.

"그야… 우리가 그 기억을 이겨낼 힘이 필요했으니까?"

내가 무슨 뜻인지 모르겠다는 표정을 짓자 채연이가 한숨과 함께 말했다.

"때가 되면 너도 기억을 돌려받아. 그리고… 난 이미 돌려받았고. 그냥 말을 해 주는 게 더 빠르겠다. 잘 들어 봐. 기억 속 나의 모습을."

그렇게 채연이는 평소 밝던 목소리와는 다르게 낮고, 차분하고 조금은 슬픈 듯한 목소리로 말을 이어 나갔다.

그라데이션

"죄송해요. 안 그럴게요!"

[안채연 기억]

나는 라면이 싫었다. 고모는 혼자 있을 때 종종 밥하기 귀찮으니 라면을 끓여 먹으라고 했지만 하루 종일 라면만 먹으면 라면 냄새만 맡아도 구역질이 나올 것 같았으니까.

내 머릿속엔 엄마 기억이 없다. 머릿속으로 수없이 많은 엄마의 그림을 그려 보았지만, 항상 얼굴만은 희미하게 그려졌다. 나의 진짜 엄마는 고모와는 다를 거다. 분명히. 아빠는 돈을 벌러 나갔다면서 돌아오지 않는다. 고모는 아빠가 언제 오냐고 물으면 미간을 확 구기며 그걸 왜 나한테 묻냐고 짜증을 냈다. 그때마다 나보다 다섯 살이 많은 오빠는 내 팔을 끌어당겨 우리는 고모에게 엄청난 신세를 지고 있는 거라고 말하곤 했다. 오빠의 팔을 뿌리치고 놀이터로 걸어 나가 한참 동안이나 처음 보는 친구들과 어울려 놀았다. 그 늦은 시간까지 놀 수 있는 친구들은 몇 안 되었고, 그 몇 안 되는 친구들은 대부분 다 남자애들이었다. 오빠에게 졸라서 받은 돈으로 문구점에 가 오백 원짜리 딱지를 산 뒤 그 딱지 하나만 가지고 온 동네 남자애들의 딱지를 다 쓸고 다녔다. 내 딱지를 슬쩍하려던 남자애를 때린 덕에 남자애의 부모님이 우리 고모를 찾아왔고 그날 나는 고모에게 다리가 부러지도록 맞았다. 그리고 다음 날 나는 오빠를 데리고 내 딱지를 훔치려던 남자애를 찾아갔고 오빠는 때리지 않고 말로 따끔하게 다그쳤다. 오빠는 책가방에서 자신의 공책을 꺼내더니 부욱 한 장을 찢어 다시는 내 딱지를 훔치지 않겠다는 각서라는 걸 받아냈다. 그 후 남자애는 더 이상 나를 건드리지 않았다. 곧 동네에 모든 남자애들은 나를 알게 되었고 학교에서도 자연스레 남자애들과 어울리게 되었다.

"오, 사, 삼 …."

오락실에서 만난 뒤 학교에서도 같은 반이 된 이경준과 눈을 마주치며 입 모양으로 카운트다운을 시작했다.

"이, 일 …!"

역시 카운트다운에 꼭 맞춰 하고 종이 쳤다. 내가 벌떡 일어나자 경준이도 교과서를 턱 덮었다. 선생님께선 눈초리로 나를 한 번 쏘아보시고는 교과서를 덮으셨다. 나는 이경준과 그 외에 다른 친구들을 우르르 몰고 동네 오락실로 향했다. 오락 기계에 백 원짜리 동전 다섯 개를 넣고 이번엔 반드시 보스를 잡아 주겠다며 이를 으드득 갈았다. 아마 아홉 살이었을 거다. 오락실은 일 층이었고 이 층에는 미용실이, 삼 층에는 영어와 수학을 가르치는 학원이 있었다. 그 학원이 꽤나 실력이 있는지 오락실에서 한바탕 놀고 나오면 우리 학교 친구들이 그 학원에서 우르르 쏟아져 나오는 것을 볼 수 있었다.

"야 강지운 뭐 해! 빨리 버튼 눌러 나 죽잖아!"

빨간 버튼과 파란 버튼을 번갈아 누르며 강지운에게 소리쳤다.

"아 잠시만! 지금 누르고 있잖…!"

'YOU DIE'

빨간 알파벳이 화면에 깜박거렸다.

"아!"

짧게 소리치며 손을 탁 내려놓았다. 저 영어를 읽을 줄은 몰라도 내 캐릭터가 죽었다는 사실은 분명했다.

"나 이경준이랑 할래. 걔가 너보다 게임 잘해."

내가 벌떡 자리에서 일어나며 말했다.

"야! 네가 레벨 올려 준다며!"

강지운이 뒤에서 외쳤지만, 그냥 무시하고 결국 이경준과 보스를 잡아냈다.

"야 너 어디가? 보스 안 잡아?"

오락실에 온 지 삼십 분도 채 되지 않아 책가방을 메고 오락실을 나서는 나를 보며 민우진이 물었다. 나는 시계를 힐긋 쳐다보곤 대답했다.

"오늘 오빠 방학식이라 빨리 끝난대서 가 봐야 해."

"너희 오빠가 몇 살인데?"

"열네 살."

아홉 살이어서 열네 살은 뭔가 엄청나게 커다래 보였나 보다. 힉소리를 내며 어서 가 보라고 했다. 쫄아 있는 민우진의 모습이 웃겨 깔깔대며 오락실을 나오다가 학원에서 나오는 어떤 여자애랑 부딪쳤다.

"아 미안."

얼굴도 제대로 보지 않고 사과한 뒤에 실내화 가방을 펄럭이며 뛰었다.

"헐, 지연아 괜찮아? 저 애 뭐야?"

뒤에서 날 욕하는 소리가 흐릿하게 들렸지만 뭐, 내 알 반가. 오빠에게 마트에 새로 들어온 초코크림빵을 사 달라고 할 생각이었다. 빵 봉지 속에 캐릭터 스티커도 들어 있던데 종류별로 모아보고 싶었다. 돈을 이미 오락실에 다 갖다 바쳤으니 오빠를 공략해야지. 생각을 하며 가고 있는데 뒷골목에서 시끄러운 소리가 들렸다. 저 골목이 지름길인데. 무슨 일이 있겠나 싶어 실내화 가방을 돌리며 골목으로 접어들었다. 그때 내 눈에 보인 것은 낄낄 웃고 있는 여러 남자애들에게 둘러싸여 더럽다는 말을 들으며 돌을 맞고 있는 어떤 남자애의 모습이었다. 그냥 지나치고 싶었지만 내 안의 정의감이 불타올라 입이 열렸다.

"야! 너희 뭐 해?"

남자애들이 뒤돌아 나를 쳐다보았다. 얜 뭐지? 싶은 눈들이었다.

"친구를 괴롭히면 어떻게 해? 얼른 사과해!"

카랑카랑하게 말하자 친구들이 멈칫했다. 친구들 중 한 명이 소리쳤다.

"헐, 쟤 걔네. 딱지 엄청 잘 치는 애. 쟤 오빠 완전 무섭잖아!"

그러자 친구들이 웅성거리며 "빨리 안 가?" 소리치는 나를 보더니 뒷걸음질 치며 도망갔다.

"나쁜 놈들! 괜찮아?"

내가 맞고 있던 남자애를 내려다보며 물었다. 먼지 범벅인 채 울고 있던 남자애는 머리카락과 입고 있는 옷이 꼬질꼬질했다. 남자애를 일으켜 세운 뒤 먼지를 털어 주었더니 그 남자애가 웅얼거리듯 말했다.

"고, 고마워."

"응? 아냐! 잘 가!"

이 일을 오빠에게 자랑해야지! 하는 생각이 머릿속을 경쾌하게 만들었다. 친구를 도왔다는 사실 역시 나를 가슴 뛰게 만들었다.

밝은 생각과는 다르게 집 분위기는 어두웠다. 도어락이 닫힐 때 나는 특유의 벨소리가 착 가라앉아 있는 집안을 울렸다. 신발장에서 멈칫했다. 오빠의 운동화 옆에 있는 저 구두는 분명히 고모 구두다. 고모가 왜 지금 이 시간에? 좋지 않은 기분에 긴장하며 집 안으로 발을 디뎠다.

퍼억!

무언가가 크게 내리쳐지는 소리가 났다. 깜짝 놀라 고개를 쑥 내밀고 집안을 쳐다보았다. 집은 고작 15평 정도밖에 되지 않았지만, 그 순간만큼은 집이 태평양만큼이나 넓어 보였다. 고모가 손에 들고 있는 표지가 딱딱한 책으로 오빠의 등짝을 내리친 거다. 한 번이 끝이 아니었다. 두 번, 세 번. 온몸이 굳었다. 나는 남자애들과 한바탕 싸우고 오면 고모에게 자주 맞곤 했지만, 오빠가 맞는 것은 처음 본다. 고모가 무어라 쩌렁쩌렁하게 외쳤지만 목소리를 너무 크게 내는 데에 열중했는지 발음이 뭉개져 들렸다. 열네 살인 오빠는 이미 고모만큼이나, 아니 고모보다 더 키가 컸다. 충분히 막을 수 있을 텐데 왜 바보같이 맞고 있는 거지? 식은땀을 흘리며 지켜보고 있는데 고모의 시선이 나에게 꽂혔다. 누군가가 돌맹이로 내리친 것처럼 가슴이 철렁했다. 고모의 앙칼진 목소리가 귓속을 파고들었다.

"안채연, 너 거기서 뭐해? 빨리 안 들어와?"

쭈뼛거리며 고모 앞으로 걸어가다가 고모의 호통을 들었다.

"야! 누가 흙 묻은 발을 하고 안으로 들어오래?"

다시금 몸이 움찔했다. 작은 목소리로 웅얼거리며 대답했다.

"아니…. 화장실은 어차피 안에 있잖아요."

"뭐? 크게 말 안 해? 그리고 조그만 게 어디서 말대답을 하고 있어?"

이때는 대답을 해도 혼나고, 안 해도 혼난다. 고모는 내 귀를 거칠게 잡아 위로 쭉 올리며 미간을 찌푸렸다. 고모의 미간에는 항상 주름이 깊게 파여 있었다.

"아아! 아파요! 죄송해요. 안 그럴게요!"

발음이 제멋대로 마구 꼬였다. 오빠도 당황해서 고모의 손목을 덥석 잡았지만, 고모가 가볍게 뿌리치며 내 목을 잡고 아래로 넘어뜨렸다.

"으악!"

책상 모서리에 이마가 찍혔다. 찍힌 부분을 감싸 쥐고 엉엉 울었다. 사실 아프기보다는 이 상황이 무서워 탈출하고 싶었다. 이 상황이 무섭고 싫어서 눈물이 났다. 마침 부딪쳤으니 이렇게라도 울 수 있어서 다행이라는 생각이 들었다. 오빠가 달려와서 내가 손으로 감싸 쥐고 있는 상처를 보았다. 손에 붉은 피가 묻어 나왔다. 서둘러 수건으로 지혈한 뒤 병원에서 이마를 다섯 바늘을 꿰맸다. 고모는 오빠만 데리고 병원을 나섰는데 나중에 병원으로 나를 데리러 온 오빠는 마스크를 쓰고 있었다. 힐긋 보았더니 마스크 안쪽에 시퍼런 멍이 들어 있었다. 버스를 타고 집으로 향하며 오빠에게 물었다.

"오빠는 고모 못 이겨? 오빠가 고모보다 더 키가 크잖아."

오빠는 아무 말도 하지 않고 달려가는 차들만 바라보았다. 자동차만 타면 잠에 빠지는 나는 어제 방학을 했는데도 교복을 입고 있는 오빠의 어깨에 기대 까무룩 잠이 들었다.

"채연아 너는 왜 그 옷만 입어? 그 옷이 여러 벌이야?"

11살 때 같은 반이 된 지현이가 물었다. 여름옷 두 벌, 겨울옷 두 벌. 이렇게 총 네 벌의 옷밖에 가지고 있지 않은 나는 그제서야 다른 친구들은 매일 입는 옷이 바뀐다는 사실을 알아챘다. 어제 급식을 먹다가 흘린 반찬 국물이 그대로 묻어 있는 옷을 입고 학교에 왔다는 사실도. 갑자기 부끄러운 마음이 들어 어깨만 건성으로 으쓱해 보였다.

"참 채연아. 너 맨날 학교 끝나면 남자애들하고 어디 가?"

지현이는 끈질기게 물었다.

"몰라. 그냥 피씨방에서 게임하다가 집 가."

"그게 다야? 게임 재밌어?"

지현이의 물음에 대충 고개를 끄덕이며 책상에 엎드렸다. 때마침 강지운과 이경준이 딱지가 가득 들어있는 주머니를 들고 내 자리로 찾아오며 말했다.

"야 안채연 같이 딱지 치자. 내가 오늘은 네 딱지 다 딴다. 두고 봐."

마침 기분이 꿀꿀했는데 잘 됐다는 생각에 나도 책가방에서 남자애들에게서 여태까지 쓸어 모은 딱지들이 들어 있는 주머니를 꺼냈다. 지현이는 살짝 기분이 상한 기색을 내비쳤지만 이내 자신과 놀던 친구들에게 돌아갔다. 그리고 강지운과 이경준의 딱지를 모조리 다 따낸 나는 기분 좋게 집으로 돌아갔다. 그리고 그날 밤하늘에 별이 뜨고 스산한 바람이 불어올 때까지 오빠는 집에 돌아오지 않았고 고모는 관심도 없어 보였다. 10시가 넘도록 오빠를 기다리다가 버티지 못하고 잠이 들어 버렸다.

다음 날 저녁, 친구들과 오락실에 갔다가 네 시가 넘어서 집에 돌아온 나는 너 때문에 학교에도 불려가야 하냐고 고래고래 외치는 고모에게 책으로 사정없이 맞는 오빠를 다시 보아야 했다. 오빠는 날이 갈수록 감정이 사라지는 듯 보였다. 마치 고모가 스트레스를 풀 때 꺼내는 인형 같아 보였다고나 할까. 매일 저녁 자지 않고 늦게 들어오는 오빠를 목이 빠져라 기다렸고 가끔 급식에 포장이 되어 있는 빵이나 음료가 나오면 가방에 고이 넣어 놓았다가 오빠가 돌아오면 주었다. 오빠는 희미하게 웃으며 내 머리를 고모보다 훨씬 큰 손으로 쓰다듬어 주었다. 기분이 참 좋았다.

오빠가 응급실에 실려 갔다는 전화를 받고 슬리퍼를 구겨 신은 채 꽤 먼 거리를 쉬지도 않고 달려갔을 때에는 내가 열두 살일 때였다. 몸살에 과로가 겹쳐 배달 아르바이트를 하다가 정신을 났다고 의사 선생님께서 말씀하셨다. 곧 고모도 오셨지만 창백한 얼굴로 투명한 수액을 주사 하나에 의지한 채 맞고 있는 오빠의 얼굴을 찡그린 채 쳐다보더니 이내 등을 돌리며 돌아갔다. 그런 고모가 소름 끼치게 싫었다. 열일곱. 고작 열일곱 살인 오빠가 일을 하다가 과로로 쓰러졌는데. 고모의 무자비한 손찌검과 압박으로 새벽부터 밤늦도록 뛰어다니며 돈을 벌고 있는 오빠인데. 그런 조카에게 하는 꼴이라니. 탈출하고 싶었다. 이 생활 속에서. 폴더폰이 울려 열어보니 이경준에게 피씨방에 가자는 문자가 와 있었다. 정체를 알 수 없는 쪽팔림이 덮쳐 다시 핸드폰을 덮었다.

태양이 눈이 부셔서
"넌 그냥 밝은 편이 낫다."

집을 나가는 오빠를 붙잡았다. 오빠의 표정은 흔들림 없이 굳게 결심한 듯 보였다. 내가 눈물 콧물로 범벅이 된 채 오빠의 소매를 붙드니 오빠가 나를 물끄러미 바라보다가 결국 오빠도 울음을 터뜨렸다. 고모는 방 안에서 나오지도 않았다. 결국 고등학교도 졸업하지 못한 채로 열아홉이라는 나이에 돈을 벌러 가겠다는 오빠였다. 이제 나는 중학교에 입학하는데. 이곳에 나만 내버려 둔 채로 고모랑 둘이서만 살라고? 이제, 오빠는 언제 볼 수 있는 걸까. 아빠처럼 영원히 보지 못하는 것은 아닐까.

"언제 올 거야? 지금 나가면, 언제 돌아올 거야?"

내 물음에 오빠가 말했다. 내가 고등학교에 입학할 때. 삼 년 후에 돌아오겠다고. 그때 고모의 집에서 나와 둘이 살자고 말했다. 그렇게 오빠가 집을 나갔다. 그리고 나는 집에서는 투명 인간 취급을 받으며 중학교에 입학했다. 고모에게 밥을 차려 달라고 하기도 뭣해서 고모가 성의 없이 던져 주는 용돈으로 며칠 컵라면으로 저녁밥을 때웠다. 당장이라도 집에서 뛰쳐나오고 싶었지만 거기서 꾹 참고 있었던 건 오빠가 삼 년 후에 다시 돌아올 거라는 헛된 희망이 아니었을까.

화장실에서 아이라이너를 그리거나 얼굴을 새하얗게 칠하는 지현이와 미소, 연지와 은정이를 벽에 기대 구경했다.

"채연아! 넌 왜 화장 안 해? 해줄까?"

아이라이너를 들이대는 미소를 막으며 말했다.

"아, 나 화장하면 답답해서. 로션만 발라."

"아 그래?"

미소는 시무룩해지며 돌아섰다. 눈치가 더럽게 없는 나는 그게 무얼 뜻하는지도 알지 못했다. 어느 날 지현이가 나에게 물었다.

"채연아, 너 경준이랑 친해?"

갑작스럽게 물어 엉뚱하게 대답을 하고 말았다.

"이경준을 네가 알아?"

"엉. 저번에 우리 11살 때 경준이랑 같은 반이었잖아."

아, 그랬구나. 벌써 삼 년 전이라 완전히 잊고 있었다. 그러고 보니 오늘도 피씨방에 같이 가기로 했는데.

"근데 이경준은 왜?"

"아니 너 매일 학교 끝나면 경준이랑 하고하던데 혹시 둘이 친하냐구."

"별로 안 친한데? 그냥 같이 게임만 해."

이경준은 매일 같이 피씨방에 가면 손발이 척척 맞아 웬만한 것들은 다 이겼기 때문에 좋은 게임 파트너라고만 생각했지 딱히 친하다고는 생각해 본 적이 없었다.

"아 그래? 그럼 그냥 친구?"

"뭐, 그렇지."

"그럼 나 경준이 소개 좀 시켜주라. 나 걔 좋아해."

무슨 뜻인지 몰라 두 번은 더 되물었다. 지현이는 작년에도 이경준과 같은 반이 되었는데 그때 좋아하게 되었다고 했다. 중학교는 남녀 분반이라 같은 반이 될 수는 없으니 나에게 부탁하는 거라고도 덧붙였고.

대충 서로 알게만 해 주면 나머진 둘이 알아서 잘하겠지 싶어 수락했다. 피씨방에서 이경준과 게임을 하며 대충 말해 주었더니 자신은 좋다고 드디어 여자 친구가 생기겠다며 망상에 빠져버린 덕분에 그날 게임은 망했다.

토요일에 동네 카페에서 둘을 만나게 한 후 이 주 뒤, 지현이와 경준이가 사귄다는 소문이 1학년 전체를 휩쓸었다. 그리고 그 일을 계기로 나는 지현이와는 더 친해지고 남자애들과 피씨방에 가는 일은 점차 뜸해졌다. 가끔 남자애들이 스마트폰으로 이번 판만 깨 달라고 가져오는 경우만 겨우 있을 정도였다. 난생처음으로 여자친구들과 영화를 보러 가기도 하고 코인 노래방에도

가 보았다. 영화관에서 콜라는 미소가 샀으니 팝콘은 나더러 사라는 은정이에 말에 딱 표 값만 들고 왔다고 답하자 셋은 오묘한 표정을 지었는데, 나는 전혀 무슨 뜻인지 이해하지 못했다. 영화가 끝나고 나서 카페에 들러 잘 이해가 되지 않는 부분에 대해 수다를 떨었다. 열심히 맞장구를 쳤지만, 솔직히 말하면 무슨 내용인지 잘 이해가 되지 않았다. 가끔 "채연이 넌 어떻게 생각해?"라고 물으면 당황해서 "어? 나는 너랑 똑같지 뭐~"라며 대충 얼버무렸다. 그럴 때마다 친구들은 "하긴 네가 그렇지 뭐." 하며 일부러 유도한 것은 아닐 테지만 묘하게 신경을 긁는다는 기분이 들었다. 별로 재미가 있지는 않았지만, 그 우중충한 집으로 들어가기는 절대 싫었으므로 꾹 참고 버텼다. 친구들이 그만 돌아가자고 할 때에는 졸리기까지 하려 해 얼른 카페를 나왔다. 오락실에 가 이경준을 부를까 하다가 그래도 뭔가 지현이 몰래 노는 것 같은 기분이 들어 관두었다. 이 정도 눈치는 있다. 지현이와 어떻게 친해졌는지는 잘 기억이 나지 않지만 그냥 갑자기 혹 친해졌던 것 같다. 이게 재미있는 건지 지루한 건지 헷갈리기 시작했다.

"헤어졌데."
"헤어졌다고?"
"쉿, 조용히 해. 지금 지현이 기분 완전 안 좋으니까."
아침부터 분위기가 이상하다 했는데 미소가 하는 말에 그 이유를 알아차렸다. 사귀기 시작한 지 100일이 조금 넘어서 지현이와 이경준이 헤어졌다는 거다. 왜 헤어졌냐고 조심스럽게 묻는 은정이에게 지현이가 답했다.

"아 몰라! 맨날 피씨방 간다고 나랑 안 놀아주고 내가 게임 지면 맨날 괜찮다고 말하면서도 괜히 눈치 주고! 진짜 기분 나빠. 그래서 내가 찼어."

지현이는 꽤나 열이 받은 모양이었다. 나는 슬금슬금 눈치를 보다가 자리에서 슬쩍 일어났다. 이경준에게 정확한 이유를 들어보고 싶었다. 가끔 지현이가 하는 말에는 거짓말이 조금씩 섞여 있어서 사실을 알아차리기가 힘들 때가 많았기 때문이다. 지현이 옆을 슬쩍 지나가려는데 지현이가 나를 쏘아보며 물었다.

"너 어디 가?"

"으응? 아, 나 그냥 옆 반에."

이경준을 만나고 오겠다고 하면 지현이가 걔를 왜 만나러 가냐며 노발대발할 것이 눈에 빤히 보였다. 옆 반에 가는 것이 틀린 말도 아니니까.

"야, 너는 이런 상황에 꼭 옆 반에를 가야겠어?"

지현이가 확 인상을 쓰며 물었다. 그러다가 잠시 멈칫하더니 웬일인지 그냥 순순히 보내 주었다.

"아니다. 그냥 갔다 와."

어쩌라는 건지 모르겠어서 멍하니 서 있었다. 괜찮다고 그냥 있겠다고 하면 또 뭐라 할 것 같고 나가면 삐질 것 같고. 그냥 고민하다가 밖으로 나와 이경준 반으로 찾아갔다. 지현이가 삐지더라도 그런 일은 최대한 미루는 것이 나으니까. 이경준은 자신이 뭘 잘못해서 헤어졌는지 전혀 모르는 것 같아 보였다. 지현이 이야기가 나오자 "몰라, 걔 이상해."라는 도움 안 되는 이야기만 해 주었다. 한숨을 푹 내쉬고 다시 교실로 터덜터덜 돌아갔다. 학교생활이 진짜 너무 재미가 없다. 원래 이 정도는 아니었는데. 드르륵, 교실 문을 열자 무어라 숙덕대던 지현이와 친구들이 나를 보고 흠칫하곤 시선을 피하며 어색하게 웃었다. 별로 신경 쓰지 않고 자리에 풀썩 앉았다. 진짜 일의 시작은 여기부터였다.

체육 시간이었다. 아침부터 비가 주룩주룩 내려 운동장을 쓰지 못하게 되었고 강당은 이미 2학년들이 쓰고 있었다. 어쩔 수 없이 교실 안에서 할 수 있는 운동을 찾다가 팔씨름을 하자는 의견이 나왔고 대다수가 동의했다. 움직여서 땀을 흘리기 싫어하는 친구들이 많았으므로 대진표대로 경기를 진행하여 1위를 뽑자는 의견이었는데 움직이지 않아도 돼서 모두가 찬성을 한 것이다. 나는 다른 공부들은 몰라도 체육 하나만큼은 자신이 있어 순식간에 교실에서 결승까지 올라가게 되었고 곧 1위를 차지했다. 마침 6반과 체육 시간이 겹쳤다. 6반도 부득이하게 운동장을 사용하지 못해 우리를 따라 팔씨름을 했는데 1위는 예상한대로 이경준이였다. 초등학교 때부터 힘이 좋았으니까. 친구들은 1위끼리 팔씨름으로 승부를 내 보면 어떻겠냐고 물었고 남자 대 여자였으므로 내가 당연히 불리했다. 그래도 어차피 재미로 하는 거니까 각 반 체육 선생님 두 분은 다수결로 하라 하셨고 친구들이 잔뜩 모여들어 경기를 지켜보았다. 대부분 이경준이 이길 것으로 예상했고 곧 지현이가 카운트다운을 시작했다. 카운트다운이 끝나자마자 이경준이 말했다.

"아니, 안채연은 남자애 못지않게 힘이 쎄다고~ 나 질지도 몰라. 초등학생 때부터 맨날 졌음."

그리고 실제로도 그랬다. 다른 친구들이 예상했던 것보다 나는 쉽게 밀리지 않았고 오랜만에 짜릿하게 재미있었던 나도 한껏 열을 냈다. 남자 반 친구들은 여자애에게 질 거냐고 물으며 이를 갈아댔고 여자 친구들은 나를 응원했다. 엎치락뒤치락하던 싸움이 오 분이 넘도록 진행됐다. 그리고 그 순간의 조명은 지현이가 아닌 나에게 집중되었다. 땀을 뻘뻘 흘리며 이경준과 팔씨름을 하는 도중에 슬쩍 보았는데 그때 지현이의 표정을 나는 이해하지 못했다. 경기는 다른 친구들도 예상했듯이 이경준이 이기며 끝이 났다. 아쉽다는 탄식을 뱉는 친구들도 있었고 솔직히 남자 반에서 팔씨름 1등인 애를 어떻게 여자가 이기냐는 친구도 있었다. 이경준은 경기가 끝나자마자 팔을 털며 이상한 소리를 냈고 나도 땀을 슥 닦았다. 그리고 쉬는 시간이 끝나기 전에 이경준이 나에게 학교가 끝난 뒤 피씨방에 가자고 제안했고 오랜만에 이경준과 게임을 할 생각에 들떴다. 오늘은 평소보다 재미있는 날이었다. 그리고 그다음 날은, 다시 떠올리기도 싫은 최악의 날이었고.

잠도 다 못 떨쳐내고 하품을 하며 교실 문을 열었다. 일찍 왔다고 생각했는데도 교실 안에 친구들이 많았다. 그리고 그때 딱 그 기분. 내가 들어가니 공기가 한알, 한알 다 얼어붙는 느낌, 친구들의 시선이 모두 나에게 꽂혔다가 어색하게 시선을 피하는 그런 상황. 나만 교실에 붕 떠 물과 분리되는 기름이 되어 버린 그런 기분이었다. 처음에는 다들 왜 그러나 싶었다. 그리고 곧 그 이유를 알았을 때에는 참을 수 없을 정도의 분노가 일었다.

"지현이 일찍 왔네? 웬일이야?"

가방을 탁 내려놓으며 의자를 뒤로 향하게 하고 앉았다. 지현이는 아무 말 없이 무언가를 기대하는 듯한 기색을 숨기지 못했다.

"채연아, 너 정말 고모랑만 살아?"

은정이가 물었다. 옛날부터 은정이는 나 못지않게 눈치가 없었다. 가끔은 눈치가 없는척 하는 것 같아 보일 정도로. 은정이의 물음에 고모의 무시무시한 눈초리를 받는 것처럼 심장이 덜컹했다. 심장 속에서 땅이 흔들리며 지진이 일어난 것 같았다.

"응? 그게 무슨 소리야? 누가 그래?"

방어본능으로 뜻하지 않은 말이 튀어나왔다. 지현이가 거울을 들여다보며 성의 없이 대답했다.

"저번에 이경준이 그러던데? 너 고모하고만 살고 오빠는 집 나갔다고."

심장이 아까보다 더 세차게 뛰어댔다. 이젠 심장 속에서 화산이 폭발하는 것 같았다. 미소가 옆에 슬그머니 앉아서 위로하듯 말했다.

"뭐 어때~ 창피한 일도 아닌데. 우리한테는 그냥 말해도 돼."

그 말에 은근한 비꼬임이 들어가 있다고 느낀 것은 내가 그만큼이나 많이 비뚤어져 있었기 때문이었을까.

"그러면 채연아, 너 부모님은 어디에 계셔? 왜 고모랑 둘이만 사는 거야?"

"부모님은 다른 데에 계시겠지."

"그런가?"

내 기분은 일절 생각하지도 않고 자기들 마음대로 내 일을 신경 쓰며 창피하지 않은 일이라고 결론짓는 것이 소름 끼치게 기분이 나빴다. 얼굴이 뜨거워지는 것이 느껴졌다. 등에 땀이 쭉 배어 나왔다. 동시에 이경준에게 엄청난 배신감을 느꼈다. 10살 때 밖에서 노는 것이 너무 더워 고모 몰래 딱 한 번 이경준을 우리 집에 데리고 왔었다. 그때 알게 된 사실을 지현이와 사귀면서 다 말해버렸다니. 얼른 묶고 있던 머리를 풀어 뜨거워 빨개졌을 귀를 감추었다.

"아, 채연아~! 괜찮아, 괜찮아! 신경 쓰지 마."

연지가 쾌활한 척 말했다. 뭐가 괜찮다는 건지. 왜 자기들 마음대로 내 사정을 괜찮다고 말하는 건지. 내 사정을 경험조차 하지 않는 이들이 나의 감정을 괜찮은 일이라고 멋대로 치부하는 것인지 나로선 이해할 수 없었다. 벌떡 일어나서 뛰쳐나가고 싶었고 실제로 그렇게 했다.

"어? 채연아, 너 어디 가?"

연지가 벌떡 일어났고 지현이가 연지의 팔을 잡고 작게 속삭이는 소리가 들렸다.

"냅둬."

화장실 칸막이 안에 들어가 변기에 주저앉았다. 심장이 입 밖으로 튀어나올 것만 같았다. 아침밥을 먹지도 않았는데 토할 것 같았고 땀이 흘렸는데 추웠다. 나도 전혀 이게 창피하지 않은데, 고모와 단둘이 사는 것이, 오빠가 집을 나간 것이. 그랬는데, 그랬는데 지금 이 기분은 뭐지? 심장이 미친 듯이 뛰고 토할 것 같고 귀와 얼굴이 타 버릴 것 같고. 집을 나간 오빠와 무관심으로 방치해 두었다가 심심할 때 꺼내 갈구는 고모의 얼굴이 생각나고 손이 떨리는 기분. 사실 나는 오래전부터 다른 친구들에게 들키고 싶지 않아 하며 꼭꼭 숨기고 있었던 걸까. 이게 이 정도로 창피하다고 느껴왔던 건가. 목구멍에서부터 뜨거운 것이 솟구쳐 올라 결국 오늘 아침에 마신 물 한 모금까지 죄다 토해 버렸다. 기침이 터져 나왔다.

그리고 눈물은 끝내 나오지 않았다.

그 일 후로 지현이와는 완전히 틀어졌다. 매일같이 나를 깎아내리고 내 앞에서 대놓고 욕을 하는 그 모습을 보면 바로 주먹을 휘둘러 버릴 것만 같았지만 참았다. 일 년만 더 참으면, 오빠가 오잖아. 나 데리고 갈 거니까. 하지만 들추어 보지 않을 수 없는 의문이다. 일 년 동안 연락 한 번 닿지 않았는데 혹시 사고라도 난 건 아닐까. 아니면 나라는 존재를 완전히 잊고 있었다거나 영영 멀리 떠나 버렸다거나. 생각이 꼬리에 꼬리를 물고 이어졌다. 그 일 이후 강지운과 함께 피씨방에 가자는 이경준에게 물었다. 김지현에게 내 고모 이야기를 했냐고. 할 이야기가 그렇게까지 없어 내 이야기를 팔아먹었냐고. 아무 말도 하지 않는 이경준을 보며 엄청난 배신감을 끌어안고 이경준을 지나쳐 버렸다. 옆에서 강지운은 상황을 따라가지 못하고 벙찐 채 손을 들고 어색하게 서 있었다. 아무하고도 말을 나누지 않은 채로 1학기가 끝나고, 2학기가 시작하고, 2학년이 되었다. 2학년부터는 남녀 합반이라 했는데. 그토록 바라던 남녀 합반인데. 이젠 관심도 없었다. 학교가 끝나면 집에 들어가기 싫어 밤 10시가 넘도록 동네를 쏘아 다녔다. 그러다 문득 다시 오빠 생각이 났다. 오빠도 집에 돌아오지 않고 집을 나와 밤이 늦도록 동네를 쏘아 다닐 때에 이런 기분이었을까. 애초에 이 늦은 시간까지 잠을 자지 않고 포장되어 있는 학교 급식을 들고 오빠를 기다리는 동생이 있다는 사실을 알기는 했을까.

결국 그네에 앉아 눈물을 터뜨렸다. 찬바람이 흘러내리는 눈물을 얼려 버릴 것만 같았다. 얼굴이 시려웠고 서럽게 내뱉는 흐느낌이 선명한 입김이 되어 한동안 내 주위를 맴돌다 공기 중으로 흩어졌다. 그때였다.

"안녕, 왜 울어?"

놀라서 뒤로 나자빠질 뻔했다. 내 눈앞에 어떤 남자애가 쭈그려 앉아 나를 구경하고 있었다. 너무 놀란 나머지 주먹이 나가 그 애의 코를 박아 버렸고 결국 코에서 코피가 터졌다.

"헉, 미안해!"

가방을 열어 휴지를 꺼내주려 했지만, 불량식품을 먹고 가방에 박아 놓았던 쓰레기만 가득했다.

"아냐, 괜찮아. 하하…."

남자애가 어색하게 웃으며 자신의 가방에서 휴지를 꺼내 자기 코를 막았다.

"너 가람 중학교지? 나 내일부터 그 학교 다닌다."

그 남자애가 말했다. 그리고 별로 궁금하지 않았던 이름까지 알려 주었다.

"박태양이야. 내 이름."

하하하. 기분 좋은 웃음소리를 흘리며 남자애가 손을 흔들며 멀어졌다. 그리고 다음 날 다시 한번 놀란 것은, 박태양이 전학을 온 반이 우리 반이었다는 사실이다. 살짝 곱슬거리는 갈색 머리칼에 웃을 때마다 보조개가 쏙 들어가는 얼굴이 퍽이나 맑아보였다. 첫날부터 대놓고 나를 아는 척하는 바람에 며칠 동안은 그 애가 귀찮아서 일부러 피해 다녔다.

"야아아아~ 너 왜 나 모른 척해?"

"그럼 내가 굳이 너를 아는 척해야 하니? 저번에 놀이터에서 딱 한 번 본 게 다인데?"

내가 인상을 쓰며 묻자 태양이가 입술을 내밀며 대꾸했다.

"처음 본 그때 내 코 쳐서 코피 흐르게 만들어 놓고. 말이 심하잖아아아~"

"아, 야 그건!"

서둘러 태양이의 입을 막았다. 내가 태양이를 피해 다니는 가장 주된 원인이 이거다. 그러다가 결국 만날 수밖에 없었다. 미술실 청소 때문이다.

"안채연, 너 봉사점수 부족해서 채워야 된대. 미술실 청소하면 봉사점수 준다니까 박태양이랑 너랑 둘이 점심시간에 미술실 청소해라."

반장이 성의 없이 말하고 교실을 나갔다. 그리고 역시 내 걱정대로 박태양은 매일 미술실 청소를 할 때마다 별로 알고 싶지 않은 이야기를 계속해댔다. 그러다가 어느 날 태양이가 물었다.

"그런데 채연아 너 정말 고모랑 둘이 살아?"

대걸레질을 하던 손이 멈췄다.

"어쩌라고. 내가 고모랑만 살면 네 인생에 큰 해가 되는 거라도 있냐? 게다가 네 이상한 이야기 별로 듣고 싶지도 않으니까 그냥 빨리 좀 하고 가라."

대걸레를 허리에 끼고 박태양을 쳐다보며 말했다. 정작 박태양은 조금도 당황하지 않아 보였다.

"아 그래? 나도 부모님이 안 계셔서 딱히 보육원은 아니지만 나름 비슷한 곳에서 지내."

그리고 당황한 쪽은 나였다. 아무렇지도 않게 말하는 박태양에게 짜증도 확 치밀었는데 얘는 진짜 아무렇지도 않아 보인다는 것이 나를 더 당황하게 만들었다. 그리고 내 입에서 나온 말은 여전히 삐딱했다.

"그게 뭐. 나보고 어쩌라는 거야."

사실 그날 난 박태양에게서 엄청난 동지애 비슷한 것을 느낀 듯했다. 그 후로 태양이에게서 알게 된 사실이 몇 가지 더 있었다. 그것들 역시 미술실 청소를 하던 도중에 태양이 혼자 신이 나서 말하다가 알게 된 사실들이었다.

"그나저나 넌 어느 중학교에서 왔냐?"

태양이에게 막 관심이 생기기 시작할 즈음에 넌지시 물었다.

"나? 나 우리중학교. 거기서 어떤 애가 나를 죽어라 패 가지고 이리로 전학 왔지 뭐."

박태양은 사람을 당황시키는 데에 뛰어난 재주가 있는 것이 분명하다. 보통 다른 친구들은 이런 이야기를 하는 것을 막 꺼려하지 않나? 왜 박태양은 그런 게 없지?

"누가 팼는데?"

당황한 내가 마땅한 말을 찾아내다가 물었다. 하필이면 또 질문이었다.

"음… 그건 비밀. 뭐, 내가 잘못해서 맞은 거니까 할 말은 없지."

"네가 무슨 잘못을 했는데 걔가 널 그렇게 패?"

왠진 모르겠지만 슬슬 내가 열이 받았다. 아무리 박태양이 잘못을 했다고 쳐도 사람을 때리면 안 되지. 여기까지 생각했다가 내가 생각보다 박태양의 이야기를 즐기고 있다는 사실을 깨달았다.

"내가 뭘 잘못했냐면…. 그냥 그 애의 아빠를 학교로 불렀어. 그 애의 사정은 조금도 모르는데 말이야. 내가 안일했지. 사랑받지 못한 아이에게 다른 사람을 사랑하라고 요구했으니."

가끔 태양이는 이해하기 어려운 오묘한 표정을 짓곤 했다. 지금도 그렇고. 슬쩍 가서 태양이의 어깨를 툭 치며 말했다.

"넌 그냥 밝은 편이 낫다."

태양이가 웃었다. 그리고 답했다.

"그건 너도 마찬가지야, 안채연."

태양이의 말에 나도 웃었다.

이 일로 태양이와 부쩍 가까워졌다. 사실 따지고 보면 매일같이 태양이가 들이댄다고 하는 편이 더 적당하지만 내가 저번처럼 정색하며 피하지는 않으니 가까워졌다고 해도 되지 않을까. 점심시간에는 밥 같이 먹자고 촐랑거리며 쫓아오고 미술실 청소를 하며 수다나 떨고. 하교도 같이하게 되었고. 그래, 정말 오랜만에 감사하게도 학교생활이 즐거웠다. 박태양 때문에.

안녕

"그야 그게 내 일이니까."

"야 박태양. 가는 길에 떡볶이 먹을래?"

하교하려 가방을 챙기며 태양이에게 물었다.

"좋아. 아 맞다, 그런데 나 오늘 누구 좀 만나야 해서. 먼저 가 있어. 아니다, 그냥 같이 갈래?"

따라가긴 귀찮았지만 그래도 누군지 궁금해서 같이 가기로 했다. 조금 이상한 부분이 있다면 약속 장소가 어떤 건물의 옥상이었다. 지어진 지 얼마 되지 않은 깨끗한 건물이라 옥상 또한 깨끗했고 여름의 열기로 한껏 데워져 뜨거웠다. 태양이와 만나기로 한 친구는 미리 와 있었는데 얼굴이 또렷이 기억나지 않는다. 키는 나랑 태양이와 비슷했고 우리와 동갑이라고 했다. 몇 가지 기억에 남는 것은 신비로워 보이는 새카만 눈동자와 악수하자며 나에게 건넨 손이 아주 따뜻했었다는 것 정도였다. 울었는지 눈밑이 빨간 그 친구를 태양이가 토닥이며 "바보 같은 놈. 착해 빠져서는." 하며 위로했다.

"저 애는 누구야?"

옥상에서 내려온 뒤 떡볶이를 먹으며 태양이에게 물었다.

"음… 내가 저번에 보육원 비슷한 곳에 있댔잖아. 그곳에서 같이 지냈던 친구랄까?"

"그래? 뭔가 되게 힘들어 보이더라."

내 말에 태양이가 피식 웃었다. 왜 웃는지는 모르겠으나 나도 어깨를 으쓱하곤 따라 웃었다.

태양이는 그런 면이 있었다. 항상 긍정적으로 생각하는 면.

"야, 오늘이 올해 중 가장 더운 날이래!"

어떤 애가 교실 문을 열며 말했다. 그때 태양이가 하는 소리를 들었다.

"그래? 그러면 내일부터는 조금씩 시원해지겠네."

여름의 정점, 태양이는 더 위쪽만 쳐다보지 않고 쉬어가며 자신이 올라왔던 길을 돌아보는 여유로움을 가질 줄 아는 애였다. 태양이의 말대로 그날 이후 무섭도록 조여오던 더위가 점차 느슨해지더니 이내 가을바람이 살랑 불어왔다. 기분 좋은 냄새였다.

"너 혹시 지현이하고 무슨 문제 있어?"

태양이가 급식실에 가는 길에 나에게 물었다. 지현이를 떠올리자 완전히 꺼진 줄만 알았던 분노가 다시금 울컥 치밀어 올랐다. 나의 표정 변화를 눈치챈 태양이는 괜찮냐고 물었고 대충 고개를 끄덕였다. 밥을 먹는 내내 고민했고 미술실 청소를 할 때에 태양이에게 지현이와의 관계에 대해서 털어놓았다. 태양이는 내내 진지하게 내 이야기를 들었고 내 이야기가 끝이 났을 때에는 앉아 있던 의자에서 벌떡 일어나 말했다.

"그런 거라면 이젠 괜찮네. 너 이제 친구 있잖아. 그나저나 너 게임 진짜 좋아하는구나? 나랑 같이 피씨방 갈래? 게임이라면 나도 좀 하는데."

태양이가 가지런한 치아를 드러내며 웃었다. 잠시 고민하다가 수락했다. 오랜만에 들어가 보는 피씨방. 실력이 녹슬었으면 어떻게 하나 고민했지만 조금도 떨어지지 않았고 게임이라면 조금 할 줄 안다며 여유 있던 태양이는 바짝 긴장했다. 내가 다섯 판을 이길 동안 고작 한 판을 이겼으니 그럴 만도 하지.

"야 너 게임이라면 좀 한다며! 고작 이거냐?"

내가 키보드를 마구 두드리며 장난스럽게 묻자 태양이가 화면 속으로 빨려 들어갈 것처럼 컴퓨터를 가까이 쳐다보며 말했다.

까만 눈동자

"네가 이 정도로 게임을 잘할 줄은 몰랐지. 너 나중에 프로게이머 해 보는 건 어때? 괜찮지 않냐?"

"집중이나 해. 너 피 거의 다 되어 가니까."

"어? 야! 어떻게 한 번을 안 봐주냐?"

태양이가 투덜거렸다. 정말이지, 재미있는 날이다.

시간은 빠르게 흘러 어느새 겨울 방학을 며칠 남겨둔 상황이 되었다. 아직도 지현이는 나만 보면 정신없이 까 내리기 일쑤였지만 그냥 신경을 끄기로 했다. 태양이가 그러라고 했으니까. 태양이는 겨울 방학식 이틀 전에 어딘가 다녀온다며 학교에 나오지 않았다. 어디에 가는지 물었더니 자신이 좀 많이 미안한 친구에게 간다는 알쏭달쏭한 말을 할 뿐이었다. 그리고 겨울 방학식 뒤 며칠 후, **태양이가 죽었다.**

겨울 방학식 전날 저녁부터 눈이 펑펑 내렸고, 그 눈은 아침까지 계속되었다. 발목까지 푹푹 잠기는 눈을 열심히 헤치며 학교에 도착했을 때에는 이미 양말이 젖어 있어 대충 벗어 사물함에 넣어 버렸다. 2학년 교과서를 싹 다 버리고 태양이가 머리에 이고 가는 교과서도 같이 가져다가 버려 준 뒤 다시 교실로 향했다. 방학식 날에는 급식을 먹지 않고 하교하기 때문에 각 반에서는 급식 대신 소보로빵과 초코우유를 나누어 주었다. 번호순대로 줄을 서서 빵과 우유를 받고 있는데 교실 문 앞에서 다른 반인 지현이가 태양이에게 잠시 나오라며 손짓을 해댔다. 태양이는 방긋 웃으며 나에게 잠시 다녀오겠다고 자신의 빵하고 우유를 대신 받아 달라고 부탁했다. 지현이에게 달려가는 태양이를 보며 왠지 모를 걱정이 솟구쳤지만 일단 온갖 잡생각들을 밀어내고 태양이의 몫까지 빵과 우유를 받았다. 종례까지는 오 분밖에 안남았는데 그때까지 태양이가 오지 않았고 반장은 나더러 태양이를 찾아오라고 시켰다. 결국 마시려고 뜯으려던 내 초코우유를 손에 든 채 태양이를 찾아 복도로 나갔다. 계단 쪽에서 익숙한 목소리가 들려 그쯤에 있나 싶어 고개를 쑥 내밀었다가 지현이와 지현이가 함께 다니는 친구들과 있는 태양이를 발견했다. 지현이를 마주치고 싶지 않아 다시 교실로 돌아가야겠다 싶어 몸을 돌리는데 곧 내 몸이 굳었다. 지현이의 물음에 답한 박태양의 대답 때문이었다.

"태양아, 너 안채연 귀찮지 않아? 왜 걔랑 놀아?" 이것이 김지현의 물음이었고,

"그야 그게 내 일이니까." 이것이 박태양의 대답이었다.

일? 일이라고? 해석하기 나름이었지만 나는 좋지 않게 해석했고 다음 말은 원하지 않아도 들을 수밖에 없었다.

"일? 그게 뭐야. 혹시 뭐 불쌍해서 놀아 주는 그런 거야?"

나는 뒤를 돌고 있었기 때문에 태양이의 표정을 볼 수 없었다.

"음… 뭐 그렇다면 그렇게도 볼 수는 있겠네. 채연이는 오빠도 집 나갔고 고모도 툭하면 못살게 군다고 하고…. 나도 너희랑 잘 지내고 싶기는 한데 채연이가 별로 좋아하지 않을 거 같고 말이야."

"뭐야, 너 혹시 그럼 채연이가 무서워서 우리랑 못 논단 말

이야?"

"아니 그건 아니고. 채연이가 무서운 게 아니라 안쓰러운 거지. 그러니까 너희도…."

뒷말이 이어지지 않기를 바랐다. 태양이의 말에 참을 수 없던 나는 손에 들고 있던 초코우유를 냅다 박태양 쪽으로 던졌다.

퍼억 -

커다란 소리를 내며 우유가 태양이의 발치에서 터졌다. 갈색 액체가 사방으로 튀어 바닥을 더럽혔다. 태양이가 놀란 눈으로 나를 바라보았다.

"꺄악!"

미소가 소리를 질렀고 옆반 교실 창문이 열리며 비명소리에 놀란 친구들이 고개를 내밀었다.

"이 쓰레기 같은 놈."

나는 짧게 중얼거린 뒤 그대로 학교를 나왔다. 한겨울에 겉옷 챙길 겨를도 없이 나온 터라 온몸이 덜덜 떨릴 정도로 추웠지만 쉬지 않고 걸었다. 양말도 신지 않은 채 슬리퍼만 신고 눈밭을 걷기는 정말 고역이었다. 발가락 끝이 새빨개졌다. 그럼에도 멈출 수 없었던 이유는 태양이가 쫓아오는 것이 느껴졌기 때문이다. 수북하게 쌓인 눈을 부득부득 밟으며 뛰어오는 태양이가 외쳤다.

"안채연! 야! 내 말 좀 들어 봐! 일이라는 건 그런 뜻이 아니야! 내가 말실수를 했어. 놀아 주는 게 아니라 그냥 함께 논다는 뜻이야!"

"시끄러워! 제발 그 입 좀 닫아! 우리 오빠가 뭐가 어째? 집 나 갔다고? 내가 너한테 그렇게 말을 전했었나? 난 그런 적 없어!"

내가 버럭 소리쳤다. 그리고 계속 걸었다. 눈앞에 횡단보도가 펼쳐졌고 도로는 꽤나 넓었다. 빨간불이었지만 여기서 멈추어 섰 다가는 박태양이 나를 따라잡을 것이 뻔했다. 그래서 멈추지 않 고 걸었다. 빨간불인데도. 뒤에서 태양이가 뛰어오며 계속 외쳤다.

"정말 아니야. 진짜야. 한 번만 믿어봐! 난 절대 너와 억지 로 논게 아니고 너희 오빠가 너를 버리지 않았다는 것도 알아. 곧 돌아오신다는 것도 알고! 정말 미안해. 한 번만 내 말 좀 들어줘!"

태양이도 나를 따라 빨간불인 횡단보도 안으로 들어와 뛰었다. 그리고 저 멀리서부터 커다란 트럭 한 대가 눈길에 미끄러지며 우리에게 다가왔다. 소리가 어마어마했다.

퍼억!

끔찍한 소리를 내며 태양이의 몸이 하늘 위로 붕 떠올랐다가 다시 땅으로 떨어졌다. 무언가가 부서지는 소리가 났다. 그게 무 슨 소리인지 짐작이 갔다. 등골이 오싹해졌고 덜덜 떨며 천천히 뒤를 돌아보았다. 무서울 정도로 진한 붉은 피가 새하얀 눈 위 로 선명하게 번지고 있었다. 트럭 운전사는 차 문을 벌컥 열고 경직된 채 태양이를 바라보더니 다시 차에 올라타 어디론가 사 라졌다.

나는 피범벅이 된 눈밭에 널브러져 있는 태양이에게 달려갔다.

"119… 119를 불러야 하는데…."

횡설수설하며 핸드폰을 찾았지만, 핸드폰은 가방 안에 들어 있었고 가방은 학교에 있다. 그건 태양이도 마찬가지고. 주변을 두리번거렸지만 아무도 없었다.

"아무도 없어요? 살려주세요!"

손을 덜덜 떨며 소리쳤다. 순간 잘못 본 것인지 무언가가 가로등 아래로 떨어졌다. 그리고 떨어진 사람이 나에게 다가오더니 핸드폰을 내밀었다. 태양이가 갑자기 이상한 신음을 흘리며 팔을 힘겹게 들어 올리다 이내 떨어뜨렸다. 나는 서둘러 낯선 이의 핸드폰을 받아 들었다. 핸드폰을 내민 사람의 손은 놀랄 만큼 차가웠고, 바람에 신비로워 보이는 단발머리가 찰랑거렸다. 그리고 그 사람은 사라졌다. 곧 구급차가 도착했고 나도 함께 구급차에 올라타 응급실로 향했지만, 중환자실에서 며칠 동안 간신히 숨만 붙어 있던 태양이는 결국 이 세상에서 사라졌다.

태양이의 장례식장에는 많은 사람들이 왔다. 남녀 어른 두 명이 왔고 내 또래 친구들이 대부분이었다. 지난번 태양이의 친구라고 옥상에서 소개받았던 사람도 있었다. 그 친구는 멍하니 한참을 앉아 있다가 눈물을 주르륵 흘렸다. 다시 눈물이 그치는가 싶더니 다시 울기를 반복했다. 나는 구석에서 숨이 막힐 정도로 울었지만 소리 내어 울지는 못했다. 집으로 돌아갔을 때에 고모는 어디를 그렇게 싸돌아다니냐며 동네 창피해 못 살겠다고 악을 쓰며 말했다. 그런 고모의 말을 무시했다가 늘 오빠를 때릴 때 썼던 책으로 고모에게 머리를 맞았다. 끝났으면 좋겠다. 제발. 다음 날 아침 태양이의 친구를 만났었던 그 옥상에 다시 올라가 옥상 아래를 내려다보았다. 여전히 하얗게 쌓인 눈밭이 보였다. 저 속에 묻힌다면 여태껏 잤던 잠들 중에서 가장 깊은 잠을 잘 수 있지 않을까. 그렇게 한다면 모든 것이 끝이 날까? 옥상 아래를 하염없이 바라보고 있을 때 뒤에서 목소리가 들려왔다.

"거기서 뭐 해?"

여자애의 목소리였다. 뒤를 돌아보니 저번에 나에게 핸드폰을 건네준 그 사람이 서 있었다. 멍하니 그 사람을 보고 있자 그 아이가 내게 다시 말을 걸어왔다.

"괜찮아?"

괜찮냐고? 전혀 안 괜찮았다. 힘들었고 슬펐으며 지쳤다. 고작 열다섯 살이 느끼기에는 너무 버거운 감정이었다. 사랑을 주던 유일한 존재가 사라졌고 내 편은 더 이상 남아있지 않다. 나를 욕하는 친구들과 나가라고 윽박지르는 고모만이 내게 남아있을 뿐이다. 눈물이 터져 나왔다. 서러웠다. 나를 가만히 바라보던 그 사람이 나에게 다가와 내 어깨의 손을 올렸다. 차가웠다. 정말 차가웠지만 콧잔등에 내려앉은 눈송이처럼 포근했다.

"삼 년."

"응?"

"삼 년 동안, 내가 너의 기억을 가져가줄게. 정말, 수고 많았어, 채연아."

암갈색의 눈동자가, 그간의 나의 기억들을 하나, 하나 빨아들여갔다.

나의 기억은, 여기서 끝이 났다.

제 2 장
흑백소년

우리가 받아야 할

"준호 좀 잘 챙겨줘."

[다시 현재]

무거운 침묵이 우리 셋을 에워쌌다.

"후우우…."

채연이가 떨리는 한숨을 푸욱 내쉬었다. 찬희도 옆으로 고개를 떨어뜨렸다. 그러니까, 이 기억을, 이 조금 많이 힘든 기억을 서리가 가져갔다는 말이지?

"내가 하나만 물어봐도 될까?"

내가 물었다. 채연이와 찬희의 눈길이 나에게로 향했다.

"그러니까, 내가 하고 싶은 말은…. 나에게 없는 열다섯 살 이후의 기억이 서리에게 가 있다는 거고, 돌려받기 싫은… 그런 기억인거지?"

어떻게 말해야 할지 몰라 더듬더듬 물었다. 채연이가 힘없이 피식 웃더니 고개를 끄덕였다. 내가 실수했다. 이것부터 물으면 안 되는 거였는데.

"많이, 힘들었겠다."

진짜 하고 싶은 말은 이거였다. 덤덤하게 말했지만 마음은 그렇지 않다는 사실을 알아주길 바랐다. 채연이의 몸이 얕게 떨렸다. 눈길을 돌려 찬희를 보았다. 그러면서 조심히 물었다.

"이찬희 너도…?"

찬희가 옅게 웃으며 고개를 끄덕였다. 선선한 바람이 불어 찬희의 밤색 머리칼을 흩트려 놓았다. 찬희가 나지막이 말했다.

"그런데 나는 아직 안 돌려받았어."

"뭐를? 기억을?"

"응. 아마 곧 돌려받을 거야. 길어야 한두 달 정도?"

그때 찬희의 눈에 짙게 떠오른 감정은 두려움이었다. 찬희는, 자신이 돌려받을 기억에 대해 두려워하고 있었다.

"왜 둘이 동시에 돌려받지 않은 거야?"

내가 물었다. 찬희가 떨리는 호흡을 푹 뱉으며 말했다.

"기억을 늦게 돌려받는다는 건, 그만큼 그 기억이 견디기 버겁다는 거겠지."

찬희가 자신의 손톱을 틱틱 거리며 뜯기 시작했다. 불안할 때마다 나오는 찬희의 버릇이었다. 채연이가 빨개진 눈가를 쓱 닦더니 나를 쳐다보며 말했다.

"정태윤, 나는 말이야… 찬희보다 네가 더 걱정돼."

"응? 그게 무슨 소리야?"

"서리를 알게 된 지 얼마나 되었어?"

채연이의 물음에 가만히 떠올려 보았다. 서리를 만나게 된 지는 며칠밖에 되지 않았다. 오늘이 며칠이냐고 물었을 그때가 서리를 처음 만났을 때니까.

"글쎄? 한 삼사일 정도 되었을걸?"

내가 대답했다. 찬희의 표정이 어두워졌고 채연이가 한숨을 쉬며 이야기했다.

"보통 서리는 기억을 돌려주기 일 년 정도를 두고 우리에게 찾아와. 그런데 정태윤 너는 고작 며칠 정도밖에 안 됐잖아. 그게 무슨 뜻이겠어?"

아, 이제야 이해했다. 나도 채연이와 찬희와 같이 열다섯 살 이전의 기억이 없고, 가장 기억을 늦게 돌려받는다. 그 뜻은 나의 기억이 가장 견디기 힘들다는 뜻이겠지. 잠시 정신이 아찔했다. 그때였다.

타다닥

누군가가 이쪽으로 뛰어오는 소리가 났다. 우리 셋의 시선이 소리가 나는 쪽을 향했다. 깜깜한 어둠 속에서 모습을 드러낸 사람은 다름이 아닌 우민이었다. 나와 다른 사람을 착각하고 다짜고짜 나에게 미안하다는 엉뚱한 말을 하고 사라진 그 친구. 우민이는 우리 셋을 보고 놀란 듯 보였다.

"어? 뭐야, 김우민?"

채연이가 우민이를 보고 물었다. 우민이하고도 아는 사이인가?

"안채연? 여기서 뭐 해? 찬희도 있네? 그리고… 정태윤?"

우민이가 우리 셋을 두리번거렸다. 그러더니 물었다.

"너희 혹시 강서리 봤어?"

우민이의 물음에 채연이가 다급하게 다시 물었다.

"왜? 또 어디로 없어졌어?"

우민이가 고개를 끄덕였다. 이 상황, 어디서 본 것 같은데? 저번에 우민이가 쫓던 그 여자애가 서리였던 건가? 나의 머릿속의 수많은 물음표가 그려졌다.

"그나저나 너희 여기서 뭐 하고 있었던 거야?"

우민이가 물었다. 채연이가 잠시 뜸을 들이더니 말했다.

"서리가 태윤이의 기억도 가져갔어. 우리도 지금 알았지 뭐야. 아 맞다 태윤아, 우민이도 서리랑 같은 일을 하고 있어. 다른 친구들의 기억을 가져가 줘."

우민이가 몸을 움찔했다. 그리고 상당히 어색하게 대답했다.

"아, 그래? 태윤이도 너희처럼?"

나는 우민이에게서 부자연스러움이 느껴졌지만 채연이는 아닌 듯 그저 고개를 끄덕일 뿐이었다.

"아, 맞다. 나 서리 찾는 중이었지. 나 먼저 갈게. 천천히 이야기하고 와."

우민이가 말하며 몸을 돌렸다. 채연이의 말이 끝나면 내가 우민이에게 할 말이 있었던 터라 내가 황급히 말했다.

"저기! 김우민!"

우민이가 고개를 돌렸다.

"음… 저번에 네가 학교에서 나한테 사과? 했었잖아. 근데 그거 말이야 네가 사람을 착각한 것 같아서. 나는 그때 너를 처음 봤거든."

어떻게 말을 전해야 할지 모르겠어서 조금 버벅거렸다. 우민이가 잠시 나를 쳐다보더니 싱긋 웃으며 말했다.

"아냐. 네 말대로 내가 사람을 착각했나 봐. 그럼 다음에 보자."

우민이가 자리를 떴다. 우민이의 웃음이 살짝 어색해 보였다.

그날 밤, 나는 쉽게 잠에 들지 못했다. 엄청난 이야기를 들었는데 쉽게 잠드는 것이 이상한 건지도 모른다. 생각이 많아지는 밤이었다.

다음날 아침, 당연히 채연이와 찬희를 대하는 것이 조금은 어색해질 것이라 생각했던 어제의 생각이 무색할 정도로 그 둘은 평소와 같이 나를 대했고, 나도 다행히 그들에게 평소처럼 대할 수 있었다.

"나 아이스크림 먹고 싶어."

그리고 그날 저녁, 채연이가 우리 방에 들어와 베개를 베고 누워 중얼거렸다.

"뭐야, 왜 우리 방에 와서 이래. 빨랑 네 방으로 가."

내가 채연이를 발로 툭 치며 말했다가 채연이에게 발목이 그대로 꺾일 뻔했다.

"가위바위보 진 사람이 가서 아이스크림 사 오는 거 어때? 너희도 먹고 싶지 않아?"

채연이가 중간고사 공부를 하던 찬희와 이불에서 뒹굴거리며 핸드폰을 만지던 나에게 물었다.

"안 먹고 싶은데."

내가 짧게 말했다가 하마터면 또다시 채연이의 매서운 손에 등짝을 맞을 뻔했다. 그리고 결국 채연이는 힘으로 우리를 눌러 가위바위보를 하게 만들었고 결과는 내가 지게 되었다.

"난 빵빠레. 그거 맛있더라. 두 개 사와."

채연이가 벌렁 드러누우며 말했다.

"아, 나 돈 없어. 하드나 먹어."

잠옷 차림에 바람막이를 걸치며 내가 말했다.

"아, 나한테 돈 있어. 저번에 네가 버스비 내 줬으니까 이번에는 내 돈으로 사자."

찬희가 지갑을 열며 말했다. 그러고 보니 이찬희, 요즘 돈을 꽤 쓴다.

"웬일? 참, 너 아르바이트 옮겼다고 했지? 거기서 돈 많이 줘?"

내가 찬희가 건넨 돈을 받아 들며 물었다. 찬희가 연필을 내려놓고 기지개를 쭉 켜며 말했다.

"나 요즘 초등학생들 과외 해 주고 있어."

"응?"

채연이와 내가 놀라서 동시에 물었다.

"과외? 진짜로? 아니 고등학생을 과외 선생님으로 두는 사람들도 있어?"

내가 물었다. 찬희가 연필을 손에서 빙그르르 돌리며 말했다.

"응. 있더라고. 나도 좀 놀랐는데 저번에 아르바이트 하던 그 작은 식당 있잖아, 거기 사장님이 나 공부하는거 보고 내 성적 물으시더니 자기 아들 수학 과외 좀 해 달라고 부탁하시더라고. 학원에 보내면 제대로 안 할 것 같은데 우리 동네에는 과외 선생님이 없다고. 그러다가 아들 성적이 좀 올랐는지 사장님 친구

분들도 두 분 더 부탁하셔서 세 명 가르치고 있어."

"헐! 야 이찬희 너 좀 쩐다! 너 그러고 보니 전교 5등이지? 와…."

채연이가 감탄했다. 나 역시 놀랐다. 틈날 때마다 수학 문제를 풀고 영어 단어를 외우더니. 역시 대단한 놈이다.

"하하. 그런가. 안 그래도 내가 애들 보는 거 좋아하잖아."

찬희가 머리를 긁적이며 말했다. 감탄하던 채연이가 나를 힐긋 쳐다보았다.

"야! 넌 왜 아직도 거기 그러고 서 있냐? 얼른 아이스크림 사 와."

채연이가 꽥 말했다. 이야기는 같이 들었으면서. 툴툴거리며 하숙집을 나섰다.

검정 봉투에 아이스크림을 넣어 하숙집으로 돌아오는 길, 길거리에 아무도 없는데 계속 빛나고만 있는 가로등의 전기세가 아깝다는 실없는 생각을 하며 걷고 있었다. 꽤나 날이 더워진 듯했다. 아직 4월 초밖에 되지 않았는데 말이다.

"내가 경고했지. 더 이상 그러지 말라고."

터벅터벅 걸어가는데 옆쪽 골목에서 어떤 여자애 목소리가 들렸다. 낯익은 목소리였다.

"나도 알아. 하지만 정말로 오천 원이 필요했다고. 내가 잘못했어. 그렇지만 돈을 가져가지 않으면 내가 어떻게 될지 모르는 걸. 어쩔 수 없었어, 정말이야!"

두 번째는 남자애 목소리였는데 이 목소리 또한 낯이 익은 목소리였다.

"아무리 그래도 찬희에게 그 욕을 한 것은 정말 심했어, 이준호."

찬희? 이준호? 아는 친구들의 이름이 들리자 나는 골목을 향해 고개를 넣어 보았다. 그리고, 그곳에서는 준호에게 이야기를 하고 있는 서리가 있었다. 잠시 멈칫했다. 아무래도 지금 찬희가 이준호에게서 들은 어떤 말 때문에 학교를 박차고 나간 그날의 이야기를 하는 듯했다.

"이번이 마지막 경고야. 나도 널 최선으로 도와줄게. 하지만 다시 한번 경고를 어겼을 때는 더 이상 나도 손 못 대. 그러니까 이제 그만 하자. 나 말고도 사실은 너를 도와줄 친구들이 많이 있을 거야."

서리가 말했다. 준호가 조심스럽게 서리에게 질문했다.

"나를 도와 줄 친구를 봐 놓기라도 한 거야?"

준호의 물음에 서리가 잠시 뜸을 들이다가 대답했다.

"확신할 순 없지만 잘 아는 친구들이 몇 명은 있어. 이만 가봐. 늦었다."

서리가 준호의 어깨를 툭툭 치며 골목 안쪽으로 이준호를 보냈다. 그리곤 고개를 돌리는데 하필 나와 눈이 딱 마주치고 말았다. 들으면 안 될 것을 훔쳐 들은 듯이 (실제로 훔쳐 듣긴 했지만) 찔렸다. 하지만 강서리는 내가 이미 이야기를 아까부터 듣고 있었다는 사실을 알았던 것처럼 태연하게 나에게 와서 말했다.

"준호 좀 잘 챙겨줘, 정태윤."

이게 무슨 소리람. 내가 누굴 챙겨? 뭐만 하면 와서 애들 돈이나 뜯는 이준호를? 어이가 없다는 듯한 나의 표정을 읽었는지 서리가 말을 이었다.

"네가 생각하는 것보다 훨씬 안타까운 애야. 한 번이라도 좋으니까 그 애를 위해 기도해줘. 알았지? 참, 팔 빨리 나아."

그렇게 말하곤 서리는 어디론가 가 버렸다. 안타까운 애? 그런 애를 위해서 기도를 해 달라, 상황이 내가 생각하는 것과는 다르다는 것 정도는 눈치챘다. 뭔가 자꾸 일이 꼬이는 듯했다. 하숙집에 돌아와 채연이의 품에 아이스크림이 담긴 봉투를 안겨 주고는 침대에 누워 이불을 머리끝까지 뒤집어썼다. 그리고 깁스가 감긴 팔과 다른 쪽 팔을 맞대고 아주 잠깐 동안 기도했다. 기도하다 잠이 들어 버려 무어라 기도했는지는 잘 모르겠지만 진심으로 간절하게 기도했다. 내가 모르는 그 어떤 일을 위해서. 꼭 이준호를 위한 기도만은 아니었던 것 같다.

비 오는 어느 날

"강서리 여기에 있었지?"

며칠 후, 하늘에는 먹구름이 가득 끼었고 꽤나 쌀쌀했다.
"오늘 열두 시부터 밤까지 계속 비 온대. 우산 챙겨."

채연이의 말에 하숙집 입구에 넣어둔 삼단 우산을 꺼내 가방 안에 넣었다. 가방 안에 필통만 넣고 다니는지라 무언가 든 것이 어색했다. 버스를 타고 등교하며 찬희는 곧 있을 중간고사를 위해 영어 단어를 외웠고 채연이는 창에 기대어 졸다가 버스가 과속방지턱을 지날 때 버스 창에 머리를 박고 정신을 차렸다. 전교권인 찬희는 말할 것도 없이 성적이 상위권이고, 나는 딱히 하교 후에 별다른 공부를 하지 않고 딱 수업만 듣기 때문에 성적이 중위권이다. 반대로 수업 시간에도 잠만 자는 채연이는 성적이 하위권이다. 말 그대로 깔아주는 애들. 그래도 양심은 있는지 항상 시험 시작 며칠 전에는 책상에 엉덩이를 붙이고 꾸역꾸역 앉아 있으려 노력하기는 한다. 얼마 안 가 잠드는 게 문제지만. 그래도 다른 시간에 운동을 하니 시간을 허투루 쓰지는 않는 것 같다. 어쩌면 우리 셋 중에서 시간을 가장 아깝게 보내는 사람은 내가 아닐까 싶었다. 열다섯 이전의 기억도 아예 없고 성적도 중위권인데 나는 전에 무슨 일을 어떻게 하고 있었을지, 만약 무슨 일을 하고 있었고 어떤 계획이 있었더라면 기억을 돌려받고 나서 그 일을 이어 할 수 있을지가 잠시 고민되었다.

　열두 시부터 온다고 한 비는 등교한 지 몇 분도 안 되어 내리기 시작했다. 처음에는 몇 방울만 툭 툭 떨어지며 오는 듯 마는 듯 했지만, 점심시간이 되어 창밖을 내다보니 누군가 하늘에서 바가지째로 물을 퍼붓듯 세차게 쏟아지고 가끔 천둥번개가 내리쳐 수업에 방해가 되기도 했다. 아, 물론 나는 수업을 흘려듣고 있었지만 말이다. 비 오는 날은 왜인지 더 멍하게 되어 정신 줄을 쉽게 놓아 수업을 따라가기가 더 힘들었다. 곧 점심시간을 알리는 종이 쳤고 나는 찌뿌둥한 몸을 일으켜 어기적거리며 급식실로 내려갔다.

"너희 오늘도 밥 늦게 먹으면 나 먼저 간다."

내가 찬희와 채연이를 쏘아보며 말했다.

"아니 솔직히 네가 빨리 먹는 거지 우리가 늦게 먹는 건 아니다. 안 그래, 이찬희?"

채연이의 물음에 찬희가 고개를 끄덕였다.

"아 몰라. 그냥 좀 빨리 먹으서. 안 기다릴 거니까."

그리고 나는 실제로 안 기다렸다. 좀 빨리 먹을 거라고 기대했던 내가 바보지. 급식실에서 나오니 창밖에는 비가 쏟아져 햇빛이 들어오지 않는 데다가 반마다 주번들이 불을 꺼 놓고 나가기 때문에 복도는 어두웠다. 아무도 없는 것으로 보아서는 내가 남들보다 밥을 빨리 먹는 것은 사실 같았다. 아무도 없는 복도를 터벅터벅 걸어가는데 뒤에서 어떤 목소리가 들렸다.

"거기, 학생~!"

뒤를 돌아보니 미화원 아주머니가 청소 카트를 미시며 나에게 다가오셨다.

"네? 저요? 무슨 일이세요?

내가 묻자 아주머니가 파란 가방을 나에게 덥석 안겨 주었다. 텐트 가방 비슷하게 보였다.

"혹시 이것 좀 옥상 위에 올려다 줄 수 있을까? 옥상에 창고가 있어서 말이야. 열쇠 여기 줄게."

무게가 꽤 되는 가방을 이고 옥상까지 올라가기가 싫고 귀찮긴 했지만 거절하기가 죄송스러워서 알겠다고 한 뒤에 열쇠를 받았다. 아주머니께선 고마워하시면 카트를 끌고 화장실 청소를 하러 들어가셨다. 한쪽 팔에는 석고 깁스를 감고 있었기 때문에 대충 등에 이는 듯이 파란 가방을 잡고 오른손으로 열쇠를 쥐었다.

한 칸, 두 칸.

우리 학교 계단이 이렇게 높았나 싶었다. 삼 학년이 되면 이제는 삼 층까지 걸어 올라가야 하다니. 고삼인데 반을 일 층으로 정해 주면 좋겠다라는 생각을 하며 계단을 올라갔다. 3층 계단에서 조금 더 올라가니 옥상 문이 나타났다.

'관계자 외 출입금지.'

빨간 페인트로 적혀 있는 옥상 문. 문을 열기 위해 열쇠를 세웠다. 하지만 그럴 수고는 없었다. 옥상 문이 조금 열려 있었으니까. 관계자 외 출입금지라고 새빨간 페인트로 대문짝만하게 써져 있는데 옥상 문이 열려 있다니 조금 의아했지만 일단 문을 몸으로 밀어 비가 세차게 쏟아지는 옥상과 마주했다. 이렇게 쉽게 열릴 거면 도대체 자기 구실을 제대로 하지 못하는 자물쇠는 왜 달아 놓았는지가 의문이었다.

창고가 가까이에 붙어 있을 줄 알았는데 옥상 벽 끝부분에 작게 붙어 있었다. 투덜거리며 최대한 비에 맞지 않게 옥상 벽에 붙어 낑낑대며 창고로 향하는데 저 뒤쪽에서 웃음소리가 들렸다. 빗소리에 묻혀 희미하게 들렸지만 분명한 웃음소리였다. 여자와 남자의 목소리가 섞여 있었는데 그리 좋은 소리는 아니었다. 군데군데 욕설이 희미하게 들렸으니까. 왜 수업 시간에는 한 번도 발동되지 않던 호기심은 이런 이상한 곳에서 발동되는 걸까. 가방을 등에 대충 이고 소리가 나는 쪽으로 고개를 내밀어 보았다. 커다란 빗방울 하나가 머리에 뚝 떨어졌다. 남자애 서너 명과 여자애 한 명이 검은 우산을 쓰며 깔깔대고 있었고, 빗방울들이 무섭도록 쏟아지는 옥상 바닥에 어떤 친구 한 명이 나뒹굴고 있었다. 미간을 찌푸리며 명찰 색깔을 보니 노란색. 나와 같은 2학년이다. 이게 도대체 무슨 상황인지. 나는 그 자리에서 숨을 죽였다. 잠시만, 저 애는…. 지금 저 나뒹굴고 있는 저 애는… 설마. 아니, 설마가 아니다. 저 애는 분명히 이준호다. 주황색으로 탈색한 머리에 귀에 잔뜩 뚫어놓은 피어싱. 모든 것이 다 이준호라고 말하고 있었다. 며칠 전에 서리가 나에게 했던 말이 문득 떠올랐다. 퍼즐이 맞추어지는 기분이었다. 하지만 제발 이 생각이 나의 착각이기를 바랐다. 게다가 저 애. 저기서 깔깔대는 여자애는 그래, 우리 반 반장 윤새봄. 이준호의 슬리퍼를 던지며 깔깔거리는 남자애들 사이에 껴 있는 한 명은 유성현이다. 그 전교 3등인, 선생님들의 사랑을 독차지하는 그 유성현. 이게 무슨 말도 안 되는….

와장창!

워낙 상황에 집중하고 있었던 터라 등에 메고 있던 파란 가방이 어깨에서 미끄러지고 있다는 사실을 인지하지 못했다. 결국 커다란 소리를 내며 파란 가방이 금속 부품이 가득 든 내용물과

79

제 2 장　흑백소년

함께 빗속으로 떨어졌고, 그 서너 명의 친구들의 시선이 나에게로 쏠렸다.

"…망할."

내가 작게 중얼거렸다. 핸드폰으로 이준호의 영상을 찍으며 깔깔 웃고 있던 윤새봄이 내 쪽을 쳐다보며 카랑카랑한 목소리로 말했다.

"뭐야, 정태윤 아니야 쟤?"

검은 우산을 쓰고 있던 성현이 내 쪽으로 성큼성큼 다가왔다. 몸이 주춤했다. 창고에 가방을 먼저 넣어놓을 걸 하는 생각이 뒤늦게 들었다. 게다가 나는 모범생에다가 선생님들의 사랑을 독차지하고 항상 친구들에게 친절을 베풀었던 유성현이 지금 이러고 있다는 사실을 아직도 이해하지 못하고 있었다. 내 앞으로 다가온 성현이 피식 웃으며 말했다.

"괜찮아. 애 무서워서 꼰지르지도 못 해. 야, 빨리 가."

유성현이 빨리 나가라는 듯 옥상 문 쪽으로 손을 휘휘 내저었다. 꼰지르지도 못한다는 말이 머릿속 깊이 박히는 느낌이었다. 지난번 채연이가 선생님을 부르러 갈 때에 성현이 막았는데도 가만히 보고만 있었던 것 때문인가. 내 속 어딘가 알 수 없는 불에 기름을 부어 넣은 기분이었다. 그 불이 순간적으로 폭발하듯 타올랐다.

"야 유성현. 지금 뭐 하자는 거야? 쟤 빗속에 다 젖게 두면서 영상이나 찍고."

까만 눈동자

내가 이런 말을 했다는 것에 놀랐지만 후회되진 않았다. 말을 계속해서 뱉어냈다.

"와, 진짜 이런 일이 여태까지 옥상에서 일어났다는 걸 아무도 몰랐다 이거지? 그럼 이준호가 우리들 삥 뜯는 돈은 결국 너희들이 다 꿀꺽했다는 게 되는 건가?"

내 말에 성현의 표정이 험악하게 굳었다. 뒤에서 새봄이 박수를 쳐대며 웃었다.

"하핫! 쟤 왜 저래? 야 유성현 괜찮아. 어차피 증거 없어. 이준호 옷이 좀 젖고 먼지 좀 묻은 거밖에 더 있냐. 상처도 안 났고 CCTV도 없는데."

새봄의 말에 성현이 잠시 고민하는 듯 보였다. 나는 서 있는 성현을 지나쳐 준호에게 다가갔다. 성현이 고개를 홱 돌려 나를 어이가 없다는 듯이 쳐다보았다.

"야, 괜찮아?"

준호에게 다가가 물었다. 겁에 질린 준호의 눈동자를 들여다보자 왠지 모르게 어지러운 기분이 들었다.

"야! 너 뭐 하냐?"

잔뜩 화가 난 성현의 목소리가 들렸지만 그냥 무시했다. 성현이 다가오는 소리가 들렸다.

"너 지금 내 말 씹냐?"

그러자 성현과 함께 있던 남자애 하나가 내 교복 칼라를 잡고 뒤로 내동댕이쳤다. 물이 흥건한 옥상에 내던져졌으니 나도 준호와 같이 홀딱 젖은 꼴이 되었다. 땅을 짚고 일어나며 고개를 드는 찰나, 내 눈에 보인 것은 거침없이 날아드는 성현의 매서운 손길이었다.

두 눈을 질끈 감았다. 하지만 몇 초가 지났는데도 아픔이 전혀 느껴지지 않았다. 그래서 조심히 눈을 떠 보았다. 그리고 내 눈에 보인 것은 바로….

성현의 손목을 꽉 잡고 있는 강서리였다.

"이, 이.. 애 뭐야?"

성현이 서리에게 잡힌 손목을 빼 보려고 안간힘을 써 댔다.

"애 힘 더럽게 쎄! 야, 너 뭐야?"

성현이 버럭 외쳤다. 서리는 성현의 외침을 무시하고 고개를 돌려 내 쪽을 힐긋 보았다. 그러더니 작게 중얼거렸다.

"내가 나서면 안 되는데."

"뭐라는 거야? 빨리 이것 좀 놔! 손 개 차가우니까!"

성현이 고함쳤다. 서리는 아주 여유 있게 움직여 성현의 팔을 꺾어 버렸다. 순식간이었다. 새봄을 포함한 그 서너 명의 무리가 옥상 문 옆에 무릎을 꿇고 앉게 된 것은.

한 명이 도망가기 위해 몸을 들썩이자 겨울바람보다 매서운 강서리의 눈빛이 다시 그 애를 얼어붙게 만들었다. 그쯤 되자 무섭도록 쏟아지던 비도 조금씩 잦아들었다. 물론 내 옷과 머리는 다 젖어 버렸지만. 회색 후드 모자를 쓴 서리가 느릿느릿 성현의 앞에 다가가서 말했다.

"진작 멈췄어야지. 이번이 처음 걸린 거니까 봐줄게. 하지만 나만 봐주는 거야. 너는 반드시 개인적으로 준호 앞에서 사과해야 해. 물론 준호도 자기가 돈을 뜯은 친구들에게 가서 사과하게 될 거고. 내 말 알아들었지? 두 번 다시 너로 인해 우리의 도움이 필요한 친구를 만들지 마. 마지막 경고야."

"우리…?"

성현이 중얼거렸다. 서리는 성현의 말을 무시한 채 옥상 문을 열었다. 성현과 다른 친구들이 엉금엉금 계단을 내려갔다. 이번에 서리는 이준호에게 다가갔다.

"그러게 멈췄어야지. 저번에 이야기했잖아."

서리의 말에 준호는 훌쩍이며 말했다.

"나, 나도 그러려고 했느, 했는데…. 그래서 적어도 피해는 안 주려고 했는데…."

말끝을 희미하게 흐리는 준호를 보던 서리는 잠시 준호를 안아 토닥여 주었다.

"이젠 진짜 내가 도와줄게. 걱정하지 말고, 이제 떳떳하게 사과하고 당당하게 학교 다녀."

준호는 고개를 끄덕이고는 옥상 문을 열고 계단을 내려갔다. 마지막으로 서리는 나를 쳐다보았다.

"아직 살아있네, 정태윤."

나는 아무런 대꾸도 하지 않았다. 쟨 알아들을 수 없는 말을 하는 것이 특기인 애니까. 서리가 이어 말했다.

"부탁 좀 하나 해도 될까?"

그러곤 대답도 하지 않았는데 나에게 어떤 핸드폰을 불쑥 내밀었다.

"아까 그 폭력 영상, 이 안에 들어있어. 게다가 이번뿐만이 아니라 다른 증거들도 많이 모아 놨으니 이거면 충분할 거야. 그런데 내가 직접 나설 수가 없어서. 이것 좀 학교에 말씀드려줘. 부탁할게."

뭔가 내키지 않았다. 꺼림칙한 기분도 들었고 말이다.

"…네가 하면 안 돼?"

핸드폰을 받아들지 않은 채로 얼굴을 찌푸리며 물었다. 사실 나는 여전히 이준호가 나쁜 놈이라고 생각했다. 항상 친구들의 돈을 강제로 뜯어냈고 교실을 자신의 지역처럼 누비고 다녔다. 하지만 이 모든 것이 준호가 또 다른 친구들에게 협박을 당해서였다고 알았어도 준호가 친구들에게 맞는 장면 하나만 가지고 준호를 착한 놈으로 볼 수는 없다고 생각했다. 준호도 분명히 잘못한 일이 있는데 나의 신고로 가해자와 피해자가 명백해지는 일이 꺼려졌다. 가해자와 피해자를 단정 짓기가 어려운 일일지도 모른다는 사실이, 혹시라도 억울한 사람이 생길 수도 있다는 사실이, 내가 서리의 제안을 선뜻 받아들이기 꺼려지게 만들었다. 하지만 나의 말에 서리의 표정이 바뀌었다. 놀란 기색과 더불어 충격을 받은 듯해 보였고 어딘지 모르게 슬퍼 보이기까지 했다. 내가 단번에 수락할 줄 알았던 걸까.

"내가, 이 일에 관여할 수가 없어서…."

서리가 말했다. 그때 닫힌 옥상 문 아래 계단 쪽에서 누군가의 목소리가 들렸다.

"야! 강서리 너 옥상에 있지?"

서리의 눈이 커졌다. 그러곤 다짜고짜 내 손에 핸드폰을 쥐여 주곤 옥상 난간 위에 올라가더니 단숨에 아래로 뛰어내렸다.

"어? 어어?? 어? 야!"

놀란 내가 난간으로 달려가 아래를 내려다보았으나 아무것도 없었다. 그리고 커다란 소리가 나며 옥상 문이 열렸다. 그리고 역시나 문을 연 사람은 김우민이었다. 계단을 뛰어 올라왔는지 우민이가 숨을 헐떡이며 물었다.

"야, 정태윤. 강서리 여기에 있었지?"

정신이 퍼뜩 든 내가 다시 흥분하며 말했다.

"맞아! 야 그 강서리! 방금 옥상 아래로…!"

아직 말을 다 마치지도 않았는데 우민이는 옥상 아래라는 말을 듣자마자 서리가 한 것처럼 난간 위로 올라가더니 아래로 뛰어내렸다.

"어? 야!"

깜짝 놀란 내가 난간에 손을 얹고 아래를 다시 내려다보았지만 역시 아무것도 없었다.

핸드폰이 지니고 있는

'어디서 이런 상황을 보았더라?'

중간고사가 코앞으로 다가온 토요일, 채연이는 이번에야말로 시험을 잘 보고 말 것이라며 공부를 가르쳐 달라고 찬희에게 징

85
제 2 장 흑백소년

징댔다. 찬희 역시 최대한 열심히 가르쳐 주는 듯 보였다. 그리고 나는 왼손잡이인데 저번에 부러진 팔이 왼손이었기 때문에 아직 글씨도 제대로 쓰지 못하는 상태다.

"자, 그러니까 너는 이렇게 풀었잖아? 이게 아니라 이 식을 여기에 대입해봐. 그렇지. 아, 아니지! 거기가 아니라 여기. 그렇지. 여긴 기울기잖아."

찬희는 노력은 없고 열정만 가득한 채연이를 붙잡고 아까부터 낑낑대고 있었다.

띠리리링-

찬희의 폰에서 알람이 울렸다. 찬희는 알람을 끄고 일어나더니 채연이에게 말했다.

"과외 수업 가야 해서. 나중에 알려줄게."

채연이가 살았다는 듯이 히죽 웃었다. 어지간히 공부가 하기 싫었나보다.

"채연아, 내가 알려준 거 조금 풀고 있어! 금방 갔다가 올게!"

찬희가 하숙집을 나서며 말했다. 안채연이 그걸 풀 리가 없지. 어차피 자기도 1시부터 아르바이트에 가야 한다는 핑계로 핸드폰 하다가 말걸. 연필만 잘근잘근 씹던 채연이를 쳐다보다가 무심코 책상 서랍을 열었다. 그러자 그 속에는 지난번 서리가 준 증거 영상이 담긴 핸드폰이 들어있었다.

"어? 야 너 핸드폰 바꿨어? 언제?"

언제 봤는지 채연이가 서랍장에 든 핸드폰을 들어 올렸다. 깜짝 놀라 채연이의 손에서 핸드폰을 낚아챘다.

까만 눈동자

"이, 이거 내 것 아니야!"

"그럼 누구 건데? 왜 네가 가지고 있어?"

당황한 나머지 이상한 말을 하고 말았다.

"아, 이거… 요 앞에서 주웠는데 주인 찾아 주는 걸 잊었네 아하하…. 지금 해야지. 이따가 아르바이트 가는 길에 경찰서에 들러서 전해 주고 오려고."

대충 얼버무리고 핸드폰을 배게 밑에 쑥 밀어 넣었다. 워낙 생각이 단순한 채연이는 별로 의심하지 않고 문제집을 펼쳐 둔 채로 핸드폰을 컸다. 이쪽을 신경 쓰지 않는 것 같아 보여 다시 조심스럽게 배게 아래 넣어둔 핸드폰을 꺼냈다. 전원 버튼을 꾹 누르자 핸드폰 화면에 불빛이 들어왔다. 정말로 폭력 영상이 들어 있는지를 확인하기 위해 잠금 화면을 밀었지만, 바탕화면에 뜬 것은 패턴을 입력하라는 글이었다. 서리는 나에게 암호를 알려주지 않았다. 이걸 뭘 어쩌라는 건지…. 핸드폰을 뒤집어보자 카메라 아래에 지문인식센서가 있었다. 내 핸드폰은 지문인식센서가 없는 구형 핸드폰이기 때문에 신기한 마음에 검지 손가락을 센서에 살짝 대 보았다.

철컥.

진짜 자물쇠가 풀리는 소리가 나며 핸드폰이 열렸다. 깜짝 놀라 몸을 흠칫했다. 핸드폰의 잠금이 풀렸다는 사실은 이 핸드폰에 내 지문이 인식되어 있다는 뜻인데.

"뭐야…."

당황한 내가 중얼거렸다. 그러자 소리를 들은 채연이가 고개를 휙 돌려 나를 쳐다보았다. 채연이의 눈길이 닿자 다시 얼른 핸드폰을 등 뒤로 숨기며 어색하게 웃었다.

"아 뭐야, 또 뭘 숨겨?"

채연이가 의심쩍은 듯 몸을 돌려 눈을 가늘게 뜨고 나를 흘겨보았다.

"수, 숨기긴 뭘 숨겨. 아무것도 없거든? 그나저나 너 지금 아르바이트 갈 시간 아니야?"

정말 감사하게도 채연이는 깜짝 놀라 시간을 확인하곤 튀어 오르듯 준비해 서둘러 하숙집을 나갔다. 안도의 한숨을 내쉬었다. 그리고 다시 핸드폰을 들어 올렸다. 갤러리에 들어가자 정말 몇 개의 동영상이 있었다. 열어보니 다양한 곳에서 얻어맞는 준호의 모습이 있었고, 그중 가장 충격적인 모습은 유성현에게 돈을 내어놓는 장면이었다. 오천 원이 부족하다고 유성현에게 맞은 날의 날짜는 준호가 찬희에게 오천 원만 달라고 협박하던 날짜와 일치했다. 폭행을 당하는 장소도 다양했다. 골목, 사람들의 발길이 잘 닿지 않는 학교 뒤편과 옥상. 다양한 장소들 중에서도 학교 옥상이 가장 많았다. 이 영상을 선생님께 보여드린다면 선생님들은 아마 큰 혼란에 휩싸일 것이다. 선생님들을 완전히 신뢰해도 될까. 귀찮아질까 봐 그냥 흐지부지 끝내 버린다면 오히려 상황이 더 나빠질 것만 같았다. 만약, 만약 유성현의 처벌이 교내봉사 정도로만 가볍게 그친다면…. 그런 어이없는 상황을 많이 보아왔기 때문이다. 아니, 잠깐만. 많이 보아왔다고? 어디서 이런 상황을 보았더라?

"아!"

갑작스럽게 눈에 이물질이 들어간 느낌이 들었다. 한참을 눈을 깜박인 후에야 인상을 쓰지 않고 눈을 뜰 수 있었다. 속눈썹이 들어갔나 보다, 하고 생각했다.

그날 저녁 잠자리에 들며 지난번처럼 기도드렸다. 너무나도 당연한 대답이지만 한 번만 물어봐도 될까요, 하고.

다음 날 아침 조회가 끝나고 담임선생님을 따라 교무실에 들어가 증거 영상이 담긴 핸드폰을 내밀었다. 선생님은 경악을 감추지 못하셨고 이게 정말 사실이냐고 나에게 거듭 물으셨다. 그때마다 고개를 끄덕였는데 아마 열 번은 더 끄덕였던 것 같다. 선생님께선 심각한 표정을 지으신 뒤에 알겠다고 하시고 핸드폰을 가지고 있어도 되겠냐고 물으셨다.

"네. 가지고 계셔도 돼요. 어차피 제 폰도 아니니까요."

내가 대답했다. 그리고 잠시 멈칫했다. 괜한 설명을 덧붙였다.

"네 폰이 아니라니? 그럼 이거 누구 폰이니? 네가 직접 본 게 아니라는 뜻이야?"

선생님께서 눈을 동그랗게 뜨시고 물으셨다. 제발 그렇다고 하기를 바라시는 눈치였고. 하긴, 중간고사를 고작 며칠 남겨놓고 이런 일이 고발되다니. 보통 문제가 아닐 것이었다.

"아, 그거 제 옛날 폰이에요. 지금은 안 쓰는. 그래서 그 폰으로 찍은 거고요. 마침 그 폰이 있어서."

여기서 어느 학교에 다니는지도 모르는 강서리라는 애가 유성현과 친구들을 때려눕히고 나에게 무작정 쥐어준 핸드폰이라고는 도무지 말할 수 없었다. 선생님은 한동안 의심쩍은 시선을 거두지 않으셨지만 일단 증거가 여기에 떡하니 있지 않은가. 선생님께서 이마를 짚으시며 그만 나가 보라고 하셨다. 잘 처리해 주실 것이라고 믿고 교무실을 나섰다. 어젯밤에 얻어진 용기로 인해 행동할 수 있었다. 교무실을 나서니 때마침 종이 울렸다. 날아갈 듯 가벼워진 마음으로 교실로 뛰어 들어갔다.

중간고사가 며칠밖에 남지 않았던 터라 학교폭력 위원회는 중간고사가 끝난 후에야 열렸다. 학교폭력 가해자가 유상현과 윤새봄이었단 사실은 엄청난 특종인 만큼 친구들 사이에서 무서울 정도로 빠르게 퍼져나갔고 교내 봉사 같은 가벼운 징계만 받고 끝나면 어떡하나 걱정했던 것은 헛수고였다. 유성현은 다른 학교로 전학을 가게 되었고 새봄은 삼 주 동안 정학을 받은 뒤 며칠 동안은 교내봉사를 해야 할 터였다. 게다가 그동안 열심히 공부했던 찬희의 성적은 훨씬 올라 전교 3등을 찍었다. 5등에서 3등까지 올리다니! 역시 대단한 애다. 채연이는 수학, 과학, 영어, 사회만 빼고는 만족스러운 듯했다. 가장 중요한 과목만 망쳤다는 것이 중요하긴 하지만 말이다. 반대로 내 시험 점수는 처참했다. 요즘 갑작스럽게 머리를 써야 하는 일이 급격히 늘어나고 말도 안 되는 이야기들을 많이 들은 터라 공부를 안 하기는 했다. 수업도 흘려듣고 말이다. 학교는 좀 어수선해졌지만 마음만큼은 뿌

듯했다. 걱정과는 반대로 용기에 대한 좋은 결과를 주심에 감사했다.

며칠만 더

"그건 네가 할 말은 아니라고 본다, 정태윤."

중간고사가 끝나고 며칠이 지났다. 조금 문제가 생겼다면… 찬희의 상태가 좀 안 좋다는 것.

"야, 찬희 어디 아픈 거 아니야? 어제 저녁에 바람 쐬고 온다고 한 뒤부터 계속 골골대는데. 어디 안 좋은 것 같아."

후드 모자를 뒤집어쓴 채 책상에 엎드려 자던 나를 깨우며 채연이가 물었다. 한참 잠에 들려고 하는데 채연이가 깨우는 바람에 잠이 다 달아나버려 눈가를 찌푸리며 성의 없이 대답했다.

"감기라도 걸렸나 보지, 뭐."

"아니야. 열도 안 나고 기침도 안 하는 게 감기 같아 보이지는 않아."

채연이의 말에 내가 늘어져라 하품을 하며 대꾸했다.

"아주 의사 납셨네. 아니면 알바 하다가 몸살 났나 보지. 과외받는 애들이 말을 안 들었거나. 음… 그런데 쟤가 웬만해서 그러지는 않는데 좀 이상하긴 하다."

고개를 들어 힐긋 찬희를 보니 정말 평소 같아 보이지는 않았다. 평소에도 워낙 조용하고 말수가 없긴 했지만, 지금은 무거운 짐이라도 등에 이고 있는 것처럼 쳐져 보였다.

"쟤가 워낙 몸이 약하긴 하지."

채연이가 중얼거렸다. 그건 네가 너무 센 거야, 대꾸하려다 그냥 입을 닫아 버렸다. 그리고 문제의 심각성을 느낀 것은 다음 날이었다.

"채연이 네 말대로 지금 찬희 상태가 좀 심각한 것 같기는 하다. 찬희가 수업 시간에 자는 거 너도 봤지?"

채연이가 고개를 끄덕였다. 눈에서 걱정이 뚝뚝 묻어나는 걸 보니 채연이도 사태의 심각성을 알게 된 모양이다.

"찬희가 수업 시간에 잠을 자다니…. 아무리 졸려도 눈을 부릅뜨고 수업에 집중하던 애가… 말도 안 돼. 이상한 병이라도 걸린 것 아냐?"

좀 말도 안 되는 이야기이긴 했지만 나도 어느 정도는 동의했다. 뭔가 굉장히 좋지 않은 일이 일어난 것 같았다.

"찬희야 너 병원 갈래?"

하교중인 버스 안에서 채연이가 조심스럽게 찬희에게 제안했다.

"병원은 갑자기 왜?"

하루 종일 말이 없던 찬희가 병원이라는 말에 되물었다. 방금까지 자다가 깬 사람처럼 목소리가 푹 잠겨 있었다.

"그… 너 상태가 되게 안 좋아 보여. 밤사이에 공사장에서 몇 시간이나 일하고 왔다고 해도 믿길 만큼. 어디 아픈 것 아냐?"

채연이가 물었다. 하지만 찬희는 대답하지 않았다. 이런, 무슨 일이 일어난 것이 분명하다. 찬희가 친구의 말을 씹다니. (내 실 없는 소리들은 자주 씹기도 하지만.)

답답한 정적이 오랫동안 이어졌다. 한참 동안이나 창밖만 바라보던 찬희가 나지막이 중얼거렸다.

"몰라. 조금 피곤해서 그런가보지, 뭐."

"거짓말. 그냥 피곤한 정도가 아닌데, 그건?"

채연이가 바로 쏘아붙였다. 잔말 말고 아픈 것 같아 보이니 병원이나 가라는 채연이의 말에 찬희가 바람 빠지는 소리를 내며 웃었다. 웃으라고 한 말이 아닌데 말이다. 채연이와 나는 그 일 후로 완전히 비상이 되었다.

"저러다가 쟤 죽는 거 아니야?"

채연이가 두 손으로 머리를 잡아 쥐며 물었다. 좀 과장되어서 그렇지 정말 그 정도로 심각한 일은 맞았다. 하루 종일 침대에만 틀어박혀 있는 찬희라니. 시간이 날 때마다 수학문제를 풀거나 영어 단어를 달달 외우던 찬희인데. 정말 말도 안 되는 일이었다.

"야, 뭐가 문젠지 좀 생각해봐. 무슨 일 없었어? 쟤 이번에 성적도 쭉 올라서 전교 3등까지 했고 학교에서도 별일 없었잖아. 난 도무지 뭐 때문인지를 모르겠다. 네가 좀 생각해 봐."

내가 채연이를 잡아 흔들며 말했다. 채연이는 좀처럼 보기 힘든 진지한 표정을 하고 한동안 곰곰이 생각하더니 이내 손가락을 튕기며 자리에서 벌떡 일어났다.

"지난 저녁에 바람 쐬러 나간다고 하숙집 나갔다 온 후부터 저러는 거지? 왠지 알 것 같아."

채연이가 겉옷을 입으며 나에게도 어서 옷을 챙겨 입으라고 눈짓했다. 채연이는 뭔가 자신이 짐작한 일이 사실이 아니기를 바라는 눈치였다. 채연이가 나를 잡아끌고 간 곳은 어떤 건물의 옥상이었다. 사람들이 사용하지 않는 건물 같아 보여 지은 지 그다지 오래되어 보이지는 않지만 관리가 되어 있지 않아 올라오는 길이 꽤나 지저분했다.

"여긴 왜 온 거야?"

삐거걱 소리가 요란하게 나는 옥상 문을 열고 들어가며 채연이에게 물었다. 나의 물음에 채연이가 "누구 좀 기다리게."라고 대답했다.

얼마 지나지 않아 시끄러운 소리를 내며 옥상 문이 열리고 누군가가 모습을 드러냈다.

"어 뭐야. 너희 설마 나 기다렸어?"

옥상에 누가 올라오나 했더니 역시 강서리였다. 내 짐작이 맞았다. 이런 보통이 아닌 장소에서 불쑥 나타날 사람은 강서리 아니면 없지.

"여긴 무슨 일이야?"

서리가 물었다. 채연이가 기다렸다는 듯이 바로 대답했다.

"아, 서리야 뭐 하나만 물으려고."

채연이의 말에 서리가 눈짓으로 '뭔데?' 라는 듯이 물었다. 채연이가 숨을 가다듬고 물었다.

"저번 저녁에 혹시 찬희하고 만났어?"

채연이의 물음에 서리가 고개를 끄덕였다. 뭔가 쎄한 느낌이 왔다. 찬희의 기억을 가지고 있는 서리와 그 기억을 맡긴 찬희가 서로 만나다니. 느낌이 안 좋다.

"뭔가… 그 일 이후로 찬희가 좀 이상한 것 같은데 음… 혹시 말야…."

채연이가 하고 싶은 말을 차마 하지 못하고 빙빙 돌려 말하자 서리가 대뜸 말했다.

"아마 네가 생각하는 그거 맞을 거야. 다음 주에 찬희가 기억을 돌려받거든."

심장에 돌이 내려앉은 기분이었다. 채연이의 기억을 들었을 때에 보통이 아니라는 생각은 했지만, 그것보다 더 좋지 않은 찬희의 기억이라니. 하지만 생각은 또다시 빠르게 번져 찬희보다 기억을 늦게 돌려받는 나에 대해서 생각하게 되었고 그것이 무엇을 뜻하는 것인지 다시 한 번 내 머릿속을 파고들었다.

채연이의 눈동자가 잘게 흔들렸다. 우리에게는 큰일인데 이런 말을 아무렇지도 않게 하는 강서리 또한 얄밉게 느껴졌다. 멜라닌 색소가 아예 없는 건 아닐까 싶을 정도로 하얀 피부와 사람을 바라볼 때에 특유의 표정으로 인해 채연이조차 다가서기 힘들어하는 것 같았다. 오른쪽 검지 손가락으로 왼쪽 엄지손톱을 뜯던 채연이가 머뭇거리다가 물었다.

"저기, 서리야, 혹시 그… 기간을 조금만 늘려 주면 안 될까? 너도 아는 것처럼 찬희가 워낙 성격이…. 너도 잘 알잖아. 걔 아

직은 엄청 힘들어할 것 같은데 조금 이른 것 아닌가 싶은 생각
이 들어서 말이야."

"미안, 그건 안 돼."

서리가 차갑게 대꾸했다. 이름부터가 강서리인데 하는 행동 또
한 겨울 새벽을 꽁꽁 얼릴 정도로 차갑다.

"채연이 네가 한 말대로 하면 좋겠지만 그러다가 이 일을 그
만둔 애가 한 명 있어서 말이야. 게다가 엄청난 징계감이고. 오
히려 빨리 돌려받는 편이 찬희가 두려움으로부터 조금이나마 빨
리 자유로워질걸. 게다가 너희가 생각하고 있는 것보다 찬희는
기억으로부터 훨씬 더 많이 준비되어 있을 거야. 채연이 네가
그랬었던 것처럼."

이런 말을 들으면 펄펄 뛸지도 모르는 채연이가 이렇게 박박
우기지 못하다니. 그만큼이나 강서리가 그들에게는 어려운 존재
인 걸까. 나도 돌려받을 기억이 무섭기는 하지만 뭔가 강서리를
보면 채연이만큼이나 어렵다는 기분은 안 드는데 말이다. 하지만
곧 알게 된 것은 채연이는 강서리가 무섭거나 불편한 것이 아니
라 강서리가 가지고 있는 다른 친구들의 기억이 무섭고 불편한
것이었다. 생각보다 속이 깊은 녀석이다.

강서리는 그대로 옥상 문을 향해 걸어가 손잡이를 잡았다. 그
냥 가려는 모양이었다. 무언가 말하려는 듯 입을 벙긋거리던 채
연이는 이내 고개를 아래로 떨어뜨렸다.

"딱 일주일만 더 미뤄주면 안 돼? 그 정도는 할 수 있을 것
같은데. 대충 걸리지만 않으면 되는 것 아냐? 부탁할게."

옥상을 나서려는 서리의 뒤통수에 대고 내가 말했다. 부탁하는 태도가 영 이상하다는 것 정도는 나도 느꼈다. 왠지 모르게 말이 그렇게 나갔다.

하지만 이상하게도 나의 부탁이라고 하기에는 뻐딱한 태도가 옥상을 나서려는 서리를 멈칫하게 만들었다. 뒷모습이라 서리의 표정을 볼 수 없었지만 그대로 멈춘 서리의 행동에 내 말속 무언가가 서리의 발목을 잡았다는 느낌이 들었다.

"야…!"

채연이가 짤막하게 외쳤다. 그러고는 재빨리 서리의 눈치를 보았는데 멈춰 있는 서리의 모습에 채연이 또한 이상하다는 듯이 미간을 찌푸렸다. 그리고 그 눈빛 속에는 약간의 기대 또한 어려 보였다. 십 초 정도의 짧은 정적 후 서리가 입을 열었다. 하지만 정말 말 그대로 입만 열었을 뿐 그 입 속에서는 아무런 말도 나오지 않았다. 유리구슬이 구르는 듯한 목소리가 나온 것은 입을 연 지 삼 초가 더 지난 후였다.

"그건! 그건 말이지…."

서리의 눈이 느릿하게 나를 향했다.

"그건 네가 할 말은 아니라고 본다, 정태윤."

또 알아들을 수 없는 말을 한 서리는 옥상 문을 열고 밖으로 나가 버렸다.

"아, 쟨 맨 날 저런 말만 하더라? 도대체 뭐라는 거야."

내가 머리를 벅벅 긁으며 고개를 돌려 채연이를 보았다.

"어… 뭐야. 날 왜 그렇게 봐."

그리고 채연이의 눈빛이 너무 당황스러워서 행동이 멈췄다. 채연이는 미간을 구긴 채 이상한 표정으로 나를 쳐다보고 있었는데 놀라움이나 당황스러움이 적당히 합쳐진 듯 보였다.

"야, 정태윤. 나 말야 서리가 당황한 것 이번에 처음 본다? 서리는 16살 때부터 봤었는데."

"그게 왜? 처음 볼 수도 있지."

내가 무슨 헛소리냐는 듯이 묻자 채연이가 부가 설명을 덧붙였다.

"너는 서리가 안 무서워? 아니, 무섭다기보단 안 불편해? 어떻게 그런 말을 서리에게 막 할 수가 있지? 나는 뭔가 다가가기가 힘들던데. 뭔가 유리벽이 서리를 둘러싸고 있는 것 같잖아. 그것도 그냥 투명한 유리벽이 아니라 불투명한 유리벽. 너무 차가워서 함부로 손을 갖다 댈 수도 없고 자신이 누군지 전혀 보여 주지도 않잖아. 내가 서리에 대해서 아는 거라곤 서리가 우리 셋의 기억을 가져가고, 또 그 일을 하고, 우민이와도 같이 일을 한다는 것뿐이야. 더군다나 나는 아무한테나 막 들이대고 눈치도 더럽게 없어서 상대한테 망설임 없이 다가가는 성격인데도 서리에게는 그게 잘 안돼. 그런데 너는 다른 친구들한테 별 관심도 없고 혼자 마이웨이면서 말이지. 너, 정말 서리가 너의 기억을 가져간 거. 확실한 거 맞지? 정말로 열다섯 살 이후의 기억이 없는 것 맞지?"

채연이가 와다다다 쏘아붙였다. 그렇게 보였다니 새삼 신기하다는 생각이 들었다. 나는 전혀 서리를 편하게 생각해 본 적이

까만 눈동자

없으니까. 알아들을 수 없는 말을 해대고 숨기는 것이 많은 친구를 편하게 생각하는 사람이 몇이나 될까. 잠시 고민하다가 내가 입을 열었다.

"글쎄. 난 별로 그렇게 생각해 본 적이 없어서 잘 모르겠는데, 그럼 혹시 내 기억을 강서리가 아닌 그… 우민인가? 하는 친구가 가져간 것 아닐까?"

"아냐, 그럴 일은 없어. 저번에 우민이가 말해 줬는데 기억을 삼 년씩이나 길게 가지고 있을 수 있는 사람은 그 일을 하는 사람들 중에서도 몇 안 된대. 그중에서도 능력이 엄청 뛰어난 사람만 기억을 길게 가지고 있다가 돌려줄 수 있는데 우민이는 그 정도 능력까진 안 된다고 했어. 서리 말고도 두 명 더 있었는데 한 명은 일을 그만뒀고 한 명은 무슨 잘못을 해서 퇴출당했대. 그런데 우민이가 이 일 이야기 하는 거 별로 안 좋아하는 것 같아서 자세히는 못 들었어. 그래도 여튼 그렇게 치면 네 기억을 가져간 애는 서리가 분명한데?"

"그럼 강서리가 내 기억을 가져간 것이 맞겠지, 뭐."

"그게 또 하나 이상한 것은 보통 기억이 없는 사람들은 돌려받는 기억을 무서워한다는데 넌 전혀 그렇게 보이지가 않아. 혹시 서리를 불편해하지 않는 이유가 서리가 아닌 다른 누군가가 네 기억을 가져간 게 아닌가 싶어서."

나도 내 기억을 돌려받는 게 싫다. 막 무섭거나 하진 않지만 그냥 돌려받기가 싫다는 생각만 들었다. 그런데 자꾸 채연이가 이상하다고 파고드니 별 관심도 없는 기억에 대해서 생각을 하게 되었고 지금쯤 슬슬 귀찮아졌다.

"아 몰라. 그냥 내가 서리를 별로 안 무서워 하나보네 뭐."

내 말에 채연이가 머리를 긁적였다. 관심도 없는 대화를 하기가 싫어서 대충 화제를 돌렸다.

"그나저나 어쩌냐. 이찬희 곧 기억 돌려받을 텐데. 너무 바보같이 착하게 굴어서 당한 기억인거 아냐?"

채연이도 십중팔구는 맞을 거라며 보기 힘든 진지한 표정을 하고 생각에 잠겼다. 이제 그만 가자며 옥상 문을 열어 건물 계단으로 내려온 뒤 나는 아르바이트를 하러 채연이와 찢어졌다. 길을 걷는데 머릿속 깊은 바닥에서 누군가가 시끄럽게 북을 쳐대는 것 같이 머리가 울렸다.

"아싸! 단기방학이라니! 웬일이냐?"

채연이가 이불에 드러누우며 신나서 말했다. 학교에서 일주일 단기방학을 시행하기로 했다. 왜인지는 나도 잘 모르겠다. 한동안 찬희를 걱정하던 채연이는 눈앞의 휴일에 잠시 걱정을 접어두기로 했다. 찬희와 내가 같이 쓰는 방에 왜 맨날 안채연이 들어와 이렇게 자기 방처럼 어지르며 쓰는지 모르겠다. 찬희는 흐느적거리며 과외를 하러 갔고 나는 아르바이트가 막 끝나 이제 들어왔다. 단기방학을 해 다행인 건지도 모른다. 찬희가 기억을 돌려받으면 어떻게 될지 잘 모르니까. 제대로 쉴 수나 있을지 모르겠다.

"그러고 있을 시간에 수행평가 공부나 더 하지 그러냐. 시험 끝나도 수행평가는 그대론데."

"몰라. 졸업하면 난 바로 공부랑 손절할거야. 난 아마 운동 쪽으로 가는 편이 훨씬 낫겠어. 뭐 하나를 제대로 파 볼까? 복싱?"

항상 구체적인 계획은 세우지 않는 채연이가 태평하게 말했고 나는 옷도 갈아입지 않은 채 내 이불에 누워있는 채연이를 이불과 함께 둘둘 말아 방 밖으로 내놓았다. 밖에서 채연이가 고래고래 소리치는 소리가 들렸지만 무시하고 문을 닫았다. 내일, 찬희가 기억을 돌려받는다. 뭔가 어수선한 내일이 될 것 같다.

다음 날 아침, 곤히 자고 있는 나를 채연이가 흔들어 깨웠다. 채연이가 나를 깨운다는 사실에 놀라 벌떡 일어나보니 채연이가 버둥버둥 준비하며 나에게 겉옷을 던졌다.

"뭐야? 아침부터. 아직 10시도 안 됐는데 왜 깨우냐 그것도 늦잠꾸러기인 네가."

내가 투덜거리며 다시 이불을 뒤집어쓰려 하자 채연이가 다시 이불을 들추어내며 말했다.

"지금 밖에 서리 왔어. 가 봐야 하지 않을까? 나도 기억을 돌려받을 때 누가 같이 있어 주지 않아서 잘 모르겠지만 가 봐야 할 것 같아서. 너는 안 가?"

채연이의 말을 듣고 나서야 정신이 또렷해졌다. 나도 몸을 일으켜 주섬주섬 옷을 주워 입고 채연이와 함께 하숙집을 나섰다. 저 앞에서 서리를 따라가는 찬희의 모습이 보였다. 뒷모습밖에 보이지 않았지만 두려움에 떨고 있는 듯 보였다. 서리는 낡고 허름한 아무도 없는 건물로 찬희를 데려갔고 우리도 따라 들어 갔다. 계단을 통해서 올라갔는데 군데군데 있는 창문들은 모조리 깨져 있었고 관계자 외 출입금지라고 적힌 너덜너덜해진 종이들을 무시하며 서리는 어떤 방문을 열었다. 힐끔 본 거지만 그 방 안에는 기둥들만 덩그러니 세워져 있었고 한쪽 벽면은 유리로 채워진 커다란 창문이었다. 이 창문도 깨져 있기는 마찬가지였고. 나도 따라 들어가려 했지만 서리가 나를 막아섰고 채연이도 뒤에서 내 손목을 잡았다. 그 방에는 서리와 찬희만 들어갔다. 찬희가 들어가기 전에 채연이와 나를 보며 희미하게 웃었다. 두려움과 걱정과 온갖 부정적인 감정들이 뒤섞인, 웃음과는 상반되는 감정들의 미소였다. 과연 미소라고 할 수 있을지가 의문일 정도로.

탁, 방문이 닫혔다. 채연이가 닫힌 문에 기대 주르륵 미끄러지듯 앉았다. 나도 조심히 그 옆에 쭈그려 앉았다. 채연이가 중얼 거렸다.

"찬희가 기억을 받는 날이 올 줄이야."

채연이를 힐끔 쳐다보며 내가 물었다.

"시간이 얼마나 걸려?"

"음… 5분쯤? 기억을 돌려받는 데에는 얼마 안 걸려. 힘들지도 않고 말이야. 가장 힘든 건, 그게 내 진짜 기억이라는 걸 깨닫는 순간이지."

얼마나 힘들까? 라는 질문이 혀끝에 매달렸지만 도로 삼켰다.

까만 눈동자

쓸모도 없는 질문이라는 것을 잘 아니까. 일주일이나 쉰다고 좋아하던 채연이의 모습은 온데간데없이 사라졌고 찬희를 진심으로 걱정하는 채연이의 모습만 남았다. 저 바보같이 착하기만 한 친구에게 도대체 누가, 찬희의 기억을 누군가에게 넘겨야 할 정도로 큰 상처를 준 걸까. 그 기억 속 찬희는, 어떤 아이였을까. 온갖 생각들이 머릿속을 어지럽게 나돌았다. 그리고, 곧 굳게 닫힌 방 안에서 누군가 절망적으로 주저앉는 소리가 들렸다. 그와 동시에 들리기 시작한 울음소리도. 채연이와 내가 동시에 벌떡 일어났다. 고작 5분이라는 짧은 시간에 찬희는 얼마나 긴 시간의 기억을 돌려받았을까. 내가 문을 쿵쿵 두드리자 곧 서리가 나왔고 채연이가 다급하게 들어가 봐도 되는지 물었다. 서리가 잠시 고민하더니 이내 고개를 끄덕였다. 뒤늦게 눈치챈 것이지만, 찬희에게 들어갈 때 서리가 걱정스럽게 바라본 것은 누구도 아닌 나였다. 서리가 내 옆을 지나가며 중얼거리는 소리가 내 귀에 정확히 박혔다.

"알고 싶지 않다면 조심해, 정태윤."

서리의 중얼거림에 황급히 다시 뒤를 돌았지만 서리는 이미 사라지고 없었다.

"이찬희!"

채연이가 외치며 다가가 찬희를 끌어안았다. 아마도 채연이는 이 상황을 먼저 경험했으니 이 순간 무엇이 가장 위로가 되는지, 무엇을 가장 필요로 했는지를 알고 있을 터였다. 채연이의 눈에서도 작은 빗방울 하나가 떨어져 뺨 위를 굴렀다. 항상 남에게 진심으로 공감해주는 친구니까. 찬희도 채연이를 안으며 울었다. 한참을 그렇게 있었다.

  그로부터 몇 분 후, 채연이는 찬희가 조금이라도 진정되기를 기다리며 바깥에서 따뜻한 음료를 사 왔다. 건물 안의 유리는 모조리 깨어져 있었고 외벽 전체가 창문이었지만 빛이 거의 들지 않아서 어두웠다. 채연이가 음료수를 찬희 옆에 내려두고 자신도 자리에 앉았다. 눈물이 조금도 잦아들지 않은 찬희가 중얼거리듯 말했다.
  "안채연… 미안해."
  채연이가 빨개진 찬희의 눈을 쳐다보며 물었다.
  "뭐가? 갑자기 왜?"
  하지만 찬희는 계속 중얼거렸다.
  "미안해. 너에게도 미안하고 태양이에게도 정말 미안해."
  의외의 말이었다. 설마, 하는 생각이 나의 머릿속을 날카로운 칼같이 베고 지나갔고 채연이는 태양이의 이름이 나오자 찬희의 어깨를 붙잡고 다시 되물었다.
  "그게 무슨 소리야?"
  "미안… 미안해 정말로."
  찬희가 다시 눈물을 터뜨리며 조그맣게 말했다.
  "박태양, 내가 괴롭혔어. 내가 그 애를 그렇게 때렸고, 내가 그 애를 너희 학교로 전학 가게 만들었어. 내가."
  채연이의 몸이 굳었고 그건 나도 마찬가지였다. 채연이가 비명

까만 눈동자

처럼 외쳤다.

"정확히 말해봐! 미안하다고만 말고! 무슨 일이 있었던 건데? 정말로 박태양이야? 야 이찬희! 나 똑바로 봐!"

찬희가 고개를 아래로 떨구며 입을 열었다.

흑백소년

"진짜 이기적이다, 너."

[이찬희 기억]

물건이 떨어지는 소리, 접시가 깨지는 소리, 의자가 부서지는 소리와 고함치는 소리, 찢어지는 듯한 비명소리까지. 그런 정상적이지 않은 소리들을 나는 들으며 자랐다. 아빠에게서 살아남기에 급급했던 엄마는 나를 챙길 겨를이 없었고 언제부터 엄마가 내 곁에 없었는지 잘 기억조차 나지 않았다. 열 살쯤이었을까. 잔뜩 취해서는 어린 나에게 만원을 억지로 쥐여주며 소주를 사오라는 아빠의 모습이 생생히 떠오른다. 신발도 신지 않은 채 도망쳐 나와 엉엉 울며 동네를 맨발로 쏘아 다녔다. 길을 지나가시던 아주머니 몇 분들이 가끔 무슨 일이냐 물었지만, 그냥 무시하고 걸어 다녔다. 밤 11시가 넘어서야 어떤 경찰아저씨가 나를 경찰서에 데려가셨고 경찰서에서 긴장해 앉아있던 나를 찾아온 것은 집에서 도망친 이유인 아빠였다. 아빠는 경찰아저씨에게 꾸벅 인사를 하고는 나를 끌어안아 집으로 데리고 갔다. 누가 보아도 소중한 아들을 잃어버렸다 다시 찾은 아빠의 모습이었다. 그런 모습은 바깥에서의 가면일 뿐이었고 집에 돌아와서는 아빠의 무자비한 손찌검과 던져지는 술병들, 무시무시한 몽둥이들로부터 나를 보호하고자 몸을 사려야 했다.

친구들이 나랑 놀아주지 않는다. 내가 다가서면 주변이 조용해지고 어떤 애는 코를 막고 어떤 애는 나를 대놓고 피했다. 친구의 손을 덥석 잡았을 때 그 친구가 움찔하며 손을 뿌리쳤다. 그때 알았다. 내가 남들보다 훨씬 더 더럽다는걸. 몇 주가 넘어가도록 입는 옷과, 떡지고 더러운 머리카락, 왜인지 물이 나오지 않아서 씻지도 못한 꼬질꼬질한 얼굴. 선생님께선 그런 나에게 무관심했고 친구들은 나와 스치는 것조차 싫어했다. 문 앞에서 멍하니 서 있던 나의 가슴팍을 장준서가 거칠게 밀어 놓고서 내 옷이 다였던 손을 "아 드러." 하며 화장실로 달려가 손을 씻었던 일은 한동안 나를 충격에 밀어 넣고 헤어 나오지 못하게 했다. 친구들이 그런 장준서의 모습을 보며 낄낄대는 소리가 하교할 때까지 귓가에서 메아리처럼 들려왔다. 친구들과 삼삼오오 걸어가거나 운동장에서 몇 시간이고 축구를 뛰는 모습, 학원차를 타고 가기 싫다고 한숨짓는 모습 또한 나에게는 있을 수 없는 일이었다.

어느 날, 그래. 고작 아홉 살 때. 어른들은 겨우 아홉 살들이 무슨 나쁜 행동을 하겠느냐고 묻지만 나쁜 행동은 다섯 살, 아니 더 어린 세 살짜리들도 할 수 있다. 친구들은 학교가 끝난 후

나를 조금 먼 동네 골목까지 끌고 가 주저앉힌 뒤 저들끼리 낄
낄대며 발로 툭툭 차고 침을 뱉었다. 심지어 돌을 던지는 애들
마저 있었다. 무서웠다. 흙으로 범벅된 얼굴에서 눈물이 줄줄 흘
렀는데 더러운 소매로 문지르자 얼굴이 더 더러워졌다.

"윽, 더러워."

장준서가 중얼거렸다. 친구들은 웃기지도 않은 한마디에 와하
하, 웃음을 터뜨렸다. 애써 잦아든 눈물이 다시 나오려는 그때,
누군가가 뒤에서 카랑카랑하게 외쳤다.

"야! 너희 뭐 해?"

낄낄대던 친구들의 시선이 목소리의 주인에게 쏠렸다. 노란 티
셔츠에 하늘색 반바지를 입은 여자애가 이쪽을 노려보고 있었다.

"친구를 괴롭히면 어떻게 해? 얼른 사과해!"

그 여자애는 조금도 지지 않고 버럭 말했다. 친구들은 누구냐
는 듯이 웅성거렸고 곧 어떤 아이가 입을 열었다.

"쟤네 오빠 완전 무섭잖아!"

그렇게 친구들이 도망갔다. 한순간이었고 그 여자애는 나를
일으켜 세우더니 먼지까지 털어 주었다. 나는 울먹거리다가 말
했다.

"고, 고마워…."

"응? 아냐 잘 가!"

그 쾌활한 여자애는 손을 흔들고 실내화 가방을 붕붕 돌리며
멀어졌다. 그 뒷모습을 한동안 멍하니 바라보았다.

가끔은 무관심이 낫다는 생각이 들 때도 있었다. 하지만 그 생각은 아주 잠시뿐이었고 다시 무관심보다는 놀림거리가 낫다고 생각될 때가 더 많았다. 교실에 앉아 있으면 나 혼자 점점 더 흐릿해지다가 어느 순간 사라져도 아무도 눈치채지 못할 것 같았다. 무관심이 덮치는 외로움과 공포는 어마어마했고 놀림거리와 뒷담화거리들 속에서 잊을 만하면 찾아왔다. 내 편이 없을뿐더러, 힘들었다. 어디가 잘못된 것인지 모르겠다. 내가 남들보다 지저분해서? 말수가 없어서? 내가 남들과는 다르게 특별하지 않아서? 그래서 다들 나에게 그토록 무관심한 걸까? 그래서 내가 남들의 뒷담화거리나 놀림거리가 되는 걸까? 다른 아이들의 잘못은 쉽게 웃고 넘기면서 나에게만큼은 대수롭지 않은 잘못에도 왜 다들 그렇게 예민하게 날이 서 있는 건지. 무서웠다. 나에게만 인색한 친구들이, 선생님이. 대놓고 싫은 티를 팍팍 내는 친구들도 있었고, 자신은 착하게 남고 싶은 친구들은 내가 다가서면 하하하, 어색한 웃음을 흘리며 나를 슬쩍 비껴갔다. 장준서는 나를 밀치는 것은 기본, 주먹을 휘두르며 위협하기도 하더니 이내 나를 때리기 시작했다. 어깨에는 시퍼런 멍이 자리 잡았다. 이미 내 몸 여러 곳에는 아빠로부터 생긴 피멍들과 상처가 가득했고 점차 다른 친구들이 만들어가는 상처가 생기기 시작했다. 눈물이 주르륵 흘렀다. 나를 둘러싸고 있던 애들이 시시하다는 듯이 발길질을 하며 신경질적으로 말했다.

"아 뭐야 고작 이깟 걸로 질질 짜냐? 재미없게."

"뭣도 아닌데 울고 지랄이야. 짜증나."

심장이 고장난 듯 뛰었다. 조금만 충격을 가해도 터져 버릴 것처럼. 선생님은 아실까. 자신의 반 안에서 이런 일들이 일어나고 있다는 사실을. 얼굴부터 시작해 서서히 온몸이 뜨거워졌다. 얼굴에 주르륵 흐르던 눈물이 뚝 그치고 속에서 무언가가 치밀어 올랐다.

퍽!

내 온 체중을 실어 그대로 장준서를 밀쳤다. "어어…?" 장준서가 중심을 잃고 몸을 기우뚱하더니 뒤로 넘어지며 엉덩방아를 찧었다. 장준서의 얼굴이 새빨개지며 벌떡 일어나 외쳤다.

"이게 미쳤나!"

장준서가 한쪽 다리를 우스꽝스럽게 들어 올려 내 복부를 걸어찼다. 몸이 저절로 반으로 접혀졌다. 하지만 이미 저지른 일, 멈추고 싶지 않았다. 다시 일어나 장준서의 친구들을 밀쳤고 장준서를 걸어찼다. 또 다른 친구가 나의 뒤통수를 후려갈겼지만 이미 흥분할 대로 흥분한 나는 머리에 무언가가 닿았다 떨어졌다는 느낌밖에 들지 않았다. 고통은 뒷전이었다. 그리고 우리 넷은 곧바로 교무실로 불려갔다.

"사고 안치고 조용하던 놈들이 웬 싸움질이야? 어? 어떻게 된 일인지 설명 좀 해 봐."

선생님의 화가 잔뜩 난 목소리가 귀에 들어왔다. 5학년 1학기가 끝나 가는데 처음으로 해 보는 선생님과의 대화였다. 선생님께선 자신의 잘못은 거의 말하지 않고 나의 잘못만 듬뿍 추가하고 부풀려 말하는 장준서의 변명 가득한 말을 대충 흘려들으시더니 다음 수업을 시작하시기 전 우리 넷의 이름을 부르시며 다시금 따끔하게 경고를 주었다. 그리고 소문은 파도처럼 순식간에 퍼져나갔다.

"이찬희가 싸웠데! 장준서하고 그 친구들도 다 때렸다는데? 내 친구가 봤대. 도서관 앞쪽에서."

"헐, 이찬희가? 걔 좀… 더럽고 조용한 애 아니었어? 그 애가 주먹질을 했다고?"

장준서는 스스로 나에게 맞지 않았다고 열심히 해명하고 다녔지만 친구들의 관심사 밖이었다. 친구들의 관심은 탁자 위에 올려둔 구슬처럼 온통 나에게로 향하고 있었다. 그리고 내 심장은 다시 주체할 수 없게 뛰어댔다.

찾았다, 관심받는 법.

일 년 반이 훌쩍 지나갔다. 내 모습은 눈에 띄게 바뀌어 있었고. 나는 중학교에 입학했고 이제 더 이상 꼬질꼬질하지 않다. 그리고 나를 이렇게 변화시킨 데에 가장 큰 역할을 한 것은 관심을 받는 방법을 알게 된 데에 있었다. 친구들이 무관심에서 나를 관심사로 끌어들이게 된 더 정확한 계기는 몇 번의 싸움질을 더 하고 난 후였다. 끝끝내 선생님께서 아빠에게 전화를 걸었지만, 그날은 집에 밤늦게까지 들어가지 않고 있다가 아빠가 잠들었을 때쯤에 조심스럽게 문을 따고 안으로 들어갔다. 역시 아빠는 거실 한가운데에서 시끄럽게 코를 골며 잠이 들어 있었고 나중에 몇 번의 전화 끝에 결국 아빠에게 걸렸을 때에는 두어 대 정도만 맞고 재빨리 도망쳤다.

동시에 무관심에서도 도망쳤다.

이제 친구들은 더 이상 내 존재를 모르지 않았다. 학교에서 엄청난 문제아로 찍혔으니까. 나에 대한 좋지 않은 소문들이 나돌아다녔고, 걸어 다닐 때면 그 소문이 발에 밟히는 듯했다. 마음대로 나를 까 내렸고 좋지 않은 타이틀이 여럿 붙었지만 그편이 나에게는 나았다. 소름 끼치는 무관심보다는. 흔히들 말하는 '일진' 이라는 타이틀을 달고 있었지만 조금 이상하게 다른 애. 이상하게 같은 수준의 친구가 있을 것 같으면서도 혼자 다니는, 가오란 가오는 다 잡으면서 어딘가 조금 이상한. 마치 자신이 못난 애라는 사실을 잘 알고 있는 것 같은 그런 이상한 애. 사실 자존감은 바닥을 뚫고 지하로 내려가고 있었고 어릴 때부터 워낙 맞아 댄 탓에 웬만한 충격 정도는 잘 참아낸다. 그것 하나만 알고 싸운다는 것을 나는 숨기기 위해 계속해서 애써야만 했다.

박태양은 정의로운 애였다. 불의를 절대로 못 봐주는. 게다가 오지랖도 태평양만큼이나 넓어서 남의 일에 간섭하기를 좋아했다. 언젠가 나는 어느 일진 무리의 꼬봉으로 있던 애를 이긴 후에 그 애를 부리고 다녔다. 덕분에 내 악명은 더 높아졌고 선생님의 경고를 밥 먹듯이 받곤 했다. 그리고 그 애를 부리고 다니기 시작한 지 얼마 후에 갑자기 박태양이 우리 학교로 전학을 왔다. 특유의 밝아 보이는 웃음 때문에 처음부터 시끄러운 애라는 사실을 직감했다. 전학 첫날부터 친구들과 어울리기 시작하더니 며칠이 지나자 옆 반 친구들까지도 박태양과 친해지기 시작했다. 하나 의아했던 점은 다른 친구들과는 다 친하지만, 특히 가장 친해지려고 노력하는 애가 내가 부려먹고 있는 구이준이었다. 박태양의 쓸데없고 귀찮은 오지랖이 짜증이 났다. 박태양이 정말로 싫어지게 된 날은 그 사건 이후였다. 구이준에게 매점에 가서 음료 하나를 사 오라고 발로 옆구리를 차며 말했다.

"그건 네가 가면 되지 왜 이준이를 시켜? 음료수를 마시고 싶으면 네 돈 가지고 가서 직접 사 마셔."

언제 나타났는지 박태양이 또 남의 일에 오지랖을 부리고 있었다.

"뭐야? 관심 끄고 네 할 일이나 해. 왜 남의 일에 간섭질이야 짜증나게."

미간을 구기며 박태양을 쏘아보았다. 그새 박태양과 친해진 친구들이 주변에서 박태양을 말렸다.

"냅둬. 이찬희 원래 저런 애야. 양아치니까 우리가 신경 안 써도 돼."

하지만 박태양은 친구들의 경고에도 아랑곳하지 않고 꿋꿋하게 말했다.

"이준이가 말하면 되겠네. 이거 기분 나쁘다고. 안 그래?"

박태양이 구이준을 쳐다보며 물었다. 구이준은 멍청한 표정으로 박태양을 쳐다보고 있었다.

"가자, 찬희랑 있지 말고."

박태양이 구이준의 팔을 잡아끌어 복도로 나갔다. 기분이 팍 상했지만, 더 어이가 없는 것은 내가 벙찐 채로 가만히 서 있었다는 것이다. 얼마나 멍청해 보였을지는 상상도 하기 싫다. 박태양은 계속 내가 구이준만 부리려고 하면 어디선가 불쑥 나타나서 내 신경을 긁었고 결국 한 대 때렸다.

"뭘 야려? 기분 더럽게."

구이준을 데려가며 박태양이 나를 쏘아보자 순간 정신이 퍼뜩 들어 말하고는 박태양의 다리를 걸어차고 주먹으로 한 대 때렸다. 옆에 있던 시끄러운 여자애가 소리를 지르며 외쳤다.

"꺄악! 이찬희 태양이랑 싸워!

친구들이 선생님을 모셔 올 때까지 박태양의 팔과 복부, 얼굴을 몇 차례 더 때렸다. 나는 맞은 데가 하나 없었고 누가 봐도 피해자와 가해자가 명백했다. 때리며 하나 의아했던 점은 팔을 들고 저항 한 번만 한다면 충분히 막을 수 있었던 주먹질도 그대로 다 맞았다는 것이었다. 어떻게 된 일이냐는 선생님의 물음에나 혼자 박태양이 먼저 시비를 걸었다는 되도 않는 소리를 해댔고 정작 맞은 박태양은 아무런 말이 없었다. 그 사실이 나를 더 열받게 만들었고 말이다. 선생님께선 박태양에게 원한다면 학교폭력 위원회를 열 수 있다며 열자고 추천했고 박태양은 거절했다. 왜인지는 나도 모르겠다. 그 말에 새삼 안심했고 이미 대판 싸운 상태에서 더 이상 수업을 듣지 못했다. 곧 꽤나 젊어 보이는 남자 어른이 박태양을 어디론가 데리고 가셨다. 박태양이 그 남자 어른을 선생님이라고 부르는 것을 보아 박태양의 아버지는 아닌 듯했고 그 사람은 박태양을 데리고 나를 안쓰러운 눈빛으로 쳐다보며 가셨다. 박태양이 나가자 선생님께서는 험악한 얼굴로 관자놀이를 누르시더니 한동안 나를 꾸짖으셨다. 물론 나는 들은 체도 하지 않고 삐딱하게 서서 허공만 쳐다보았다. 부모님께 전화한다는 선생님의 말씀에 내가 대답했다.

"아빠는 안 받으실걸요."

선생님께서 정말로 아빠에게 전화를 하신 모양이었다. 한참동안이나 길거리를 나돌아다니다가 집에 들어왔을 때 나를 반겼던 것은 성난 아빠가 나를 향해 던지는 빈 술병이었으니까.

다음날 박태양은 아무렇지도 않게 학교에 등교했다. 여자건 남자건 스스럼없이 지내는 박태양의 주변으로 친구들이 모여들었다.

"야, 괜찮아? 너 여기 멍들었어."

"쟤가 원래 양아치 새끼잖아."

"아 근데 너 정말로 학폭위 안 열거야? 안 열었다가 괜히 또 이런 짓 당하면 어떡하냐. 좀 복잡해도 그냥 한 번 열지 그랬어."

그리고 박태양의 주변으로 모여든 애들 중 한 명은 구이준이였다. 정말로 어이가 없고 화가 났다. 양아치 새끼라는 말은 매일같이 듣던 말인데, 이번에는 정말로 박태양이 먼저 시비를 걸었던 건 맞잖아. 자기 일도 아닌데 멋대로 오지랖을 부린 건 맞잖아. 이번만큼은 내가 잘못한 것이 없잖아, 정말로 이번 일만큼은 내가 잘못한 것이 없다는 잘못된 생각이 내 머릿속을 뒤집어 놓았다. 하지만 이 생각들은 내가 스스로 괜찮다고 하기 위해 스스로에게 거는 최면 같은 것이었고 실제로는 처음부터 끝까지 내가 잘못한 일이라는 것을 너무 잘 알고 있었다. 그래도 이게 나아. 소름 끼치는 무관심보다는. 이를 악물고 생각했다.

　더 큰 일은 후에 일어났다. 며칠 후, 구이준이 나를 신고한 것이었다. 다시 한번 학교가 뒤집어 졌고 언제나 나를 쏠 준비가 되어 있던 비난의 화살이 비처럼 쏟아져 내렸다. 학교에 직접 나오신 구이준의 부모님은 바위라도 부술 기세로 나를 노려보셨고 담임선생님께서는 연락이 닿지 않는 아빠에게 계속해서 전화를 걸었다. 아빠가 전화를 받지 않기를 바랐다. 사실 선생님께서는 어제 구이준 부모님의 전화를 받고 바로 아빠에게 전화를 걸었지만, 연락이 닿지 않았다고 했고 지금 안절부절 못하시며 계속 전화를 걸고 있다. 하긴, 우리 아빠가 저녁에 전화를 받을 리가. 세 통쯤 전화를 걸 즈음에 철컥 소리가 나며 수화기 너머로 푹 가라앉은 아빠의 목소리가 들렸다. 선생님께서 안도하시며 상황을 채 설명하시기도 전에 찬희의 아버님 되시냐고 묻는 물음에 아빠는 선생님께 욕을 한 사발 들이붓곤 전화를 끊어 버렸다. 선생님께서 당황하셔서 한 손에 수화기를 쥔 채로 멍하니 서 계셨고 그건 구이준과 구이준의 부모님 또한 마찬가지인 것 같았다. 귀가 뜨거워졌다. 심장이 펄떡였다. 저번에 한 번 느껴보았던 기분이었다. 세상이 나만 남겨둔 채로 멈춘 기분이었다. 아니, 어쩌면 나만 이 세상에서 멈추어 있는 기분이 적절할지도 모르겠다. 일 초가 일 년처럼 느껴지는 그 순간 내 눈에 들어온 것은 교무실 창문을 기웃거리는 박태양의 모습이었다. 속에서 무언가가 으르륵 끓어올랐다. 박태양을 똑바로 쳐다보며 교무실이 쩌렁쩌렁하게 울리도록 크게 소리쳤다.

"왜 쳐다보고 지랄이야?"

선생님께서 깜짝 놀라 나를 쳐다보셨고 박태양은 순식간에 내 시야에서 사라졌다. 선생님께서 수화기를 탕 소리 나게 내려놓으시며 말씀하셨다.

"이찬희 너 정신 안 차릴래?"

내가 까매져가는 기분이었다. 나에게 쏠리는 관심이 빛 속에서 빛을 방해하는 지독한 어둠이었기에 주어지는 것을 잘 알고 있었는데, 이제는 내가 나를 알아보지 못할 정도로 어두워지고 있다. 빛이 나를· 누가 누군지 알아볼 수 없는 어둠으로 서서히 밀어낸다. 그리고 계속 말한다.

너는 빛 속에 있으면 안 돼. 너는 저기 지독한 어둠들과 어울려. 절대 우리와 어울릴 수 없어. 관심? 웃기시네. 바랄 걸 바래야지.

결국 그날은 오랫동안 학교에 남아 상담을 한 끝에 사회봉사를 나갈 것, 그리고 다시는 그 친구들을 건드리거나 괴롭히지 않을 것으로 이야기가 마무리되었다. 내가 휘두른 행동치고는 너무나도 가벼운 처벌이라는 생각이 들었다. 그걸 너무 잘 알고 있었다.

"응. 선생님이 전화하셨는데 진짜 욕을 따다다 쏘아대고 전화 끊었다던데?"

"헐, 진짜? 이찬희가 저러는 데는 다 이유가 있었네."

"아빠 닮았나 봐."

다음날 학교에 가자 구이준이 퍼트린 소문을 나는 똑똑히 들을 수 있었다. 화가 머리끝까지 차올랐다. 주먹을 터질 듯 쥐고 웅성거리는 친구들과 구이준에게 다가갈 때였다.

"얘들아, 아무리 그래도 확실하지도 않은데 뒷담화하는 건 좀 아니지. 걔가 이준이 괴롭힌 건 사실이지만."

박태양이었다. 구이준이 변명하듯 답했다.

"아냐! 내가 진짜 똑똑히 들었다니까?"

"그래도 이준아, 이건 아냐."

박태양이 확실한 선을 그으며 답했다. 친구들은 잠시 할 말을 잃은 듯 보였다. 구이준의 곁에는 친구들이 많았다. 다 박태양과 구이준이 친해지며 사귄 친구들이었다. 그 말은, 구이준은 어느 정도 나를 함께 욕해줄 만한 친구라는 뜻이었다. 나에게 괴롭힘을 당하던 친구라, 얼마나 좋은 구실인지!

박태양은 정말 인기도 많고 친구들 뒷담화도 하지 않는 착한 친구였다. 하지만 항상 그 속에서도 뒷담화를 즐기는 친구들이 박태양 주변에 몰리기 시작했다. 함께 남의 뒷담화를 할 때 설명하기 힘든 묘한 쾌감을 즐기기 위해서. 가끔 박태양은 요즘 신조어를 전혀 모르는 듯한 어벙한 모습을 보이기도 하는, 조금 이상한 애였다. 가만히 있던 구이준이 입을 열었다.

"아, 그나저나 너희 이찬희 사회봉사 이주밖에 안 받은 거 알아? 진짜 걔 어이없지 않아? 그동안 나랑 다른 친구들을 얼마나 괴롭혔는데."

"헐, 고작? 걘 진짜 답 없다."

"양심은 이미 오래전에 없어진 놈이잖아."

친구들이 다시 웅성거리자 박태양이 다시 입을 열었다. 하지만 이번엔 내 손이 더 빨랐다.

우당탕!

의자가 바닥을 굴렀다. 빗소리처럼 시끄럽던 친구들의 목소리가 한순간에 뚝 그쳤다. 그제야 나는 창밖에 시끄러운 소리를 내며 빗방울이 떨어지고 있다는 사실을 알아챘다.

"왜 남의 이야기를 마음대로 떠들고 지랄들이야."

목소리가 떨렸을까 봐 마음을 졸였다. 그대로 뒤를 돌아 교실을 빠져나오려는데 박태양이 말했다.

"이찬희!"

나도 모르게 발걸음이 우뚝 멈췄다.

"우리가 너에 대해서 떠든 건 맞지만 그래도 이건 아니지! 너도 잘못한거 많잖아. 남 피해 주는 건 생각 안 해? 네가 우리에게 피해 준 건 생각 안 하는 거냐고. 진짜 이기적이다, 너."

어느 부분에서인지는 모르겠지만 박태양의 말이 가시처럼 머릿속에 푹 박혔다.

"오~ 박태양 사이다."

"아, 근데 틀린 말한 것도 아니잖아. 이기적인 것도 맞고."

친구들이 다시 수군거렸다. 뒤돌아 박태양을 똑바로 쳐다보았고 박태양 또한 조금도 흔들리지 않은 채 나를 보고 있었다. 마음속에 수많은 말들이 차올랐다. 아무 말이나 막 한다고 욕을 먹으면서도 차마 뱉지 못했던, 차마 하지 못했던 진짜 하고 싶은 말들을. 아무것도 모르면서. 내가 왜 이러는지 누가 한 번이라도 물어봐 줬어? 아무 짓도 하지 않았을 때에 처음 욕했던 사람들은 너희잖아. 나는 너희가 처음부터 막 욕해도 되는 사람이야? 눈이 아프도록 눈에 힘을 주고 박태양을 노려보았다.

"네가 뭔데…."

작게 웅얼거렸다.

"뭐라고?"

박태양이 물었고, 차마 다스릴 수 없을 정도로 화가 나 있던 나는 결국 다시 주먹질을 하고 말았다. 그거 말고는 할 줄 아는 것이 없었으니까. 그런데….

박태양은 너무 쉽게 내 주먹을 피해 낚아챘다. 박태양에게 잡힌 손목이 꿈쩍도 하지 않았다. 손목을 움직이려고 안간힘을 썼지만 조금도 움직이지 않자 다음엔 발길질을 해 보았다. 발로 박태양의 무릎을 차려는데 박태양은 바로 내 다리를 걸어 넘어뜨렸다. 뒤로 나자빠지며 든 생각, 오랫동안 운동을 배운 놈이구나. 그런데… 저번에는 왜 그렇게 순순히 맞았던 거야? 바닥을 나뒹굴자 친구들 사이에서 군데군데 웃음이 터져 나왔다. 왜 웃는 거야? 전혀 웃기지 않은 상황이잖아. 그때 마침 선생님께서 들어오셨고 우리 둘은 교무실로 가서 한참 동안이나 선생님의 말씀을 들어야 했다. 말하고 싶었다. 얼굴을 일그러뜨린 채로 화가 나서 말씀하시는 선생님께 저들이 먼저 나를 욕했다고. 나랑 아빠를 비교했다고. 그리고 다시 묻고 싶었다. 왜 팔다리에 든 시퍼런 멍들이 싸우다가 생긴 멍이 정말 맞느냐고 묻지 않는지, 왜 징그러워 보일 정도로 삐쩍 말랐냐고 묻지 않는지, 왜 저번에는 종아리가 무언가에 죽 베어 절뚝거리며 등교했었는지를 묻지 않는지, 왜 남을 때리느냐고 묻지 않는지. 입술을 너무 꽉 깨물었는지 입 안에 피 맛이 났다. 결국 그날 교실에 돌아가 학교가 채 끝나기도 전에 친구들 앞에서 나와 아빠를 비교해댔던 구이준을 때리고 말았다. 끓어오르는 화를 참을 수 없었다. 눈물 콧물을 흘리며 울어대는 구이준을 보자 문득 내 모습이 생각났지만, 그 장면에 나를 떠올렸다는 사실이 다시 한 번 화를 들끓게 했다. 사실 나는 다른 친구들이 생각하는 것보다 훨씬 힘이 세지 않은데, 훨씬 싸움을 못 하는데. 왜 아무도 나의 구조요청을 들어주지 않는지, 구이준에게 묻고 싶었다.

이번엔 절대로 그냥 넘어가지 않을 거라고 했다. 구이준의 부모님은 내 얼굴을 보자마자 소리를 지르려 했다. 표정 없이 얼굴이 퉁퉁 부은 구이준을 바라보았다. 그리고 입을 열었다.

"구이준이 먼저 저보고 아빠 닮았다고 했어요. 아빠 닮아서 이러는 거라고 제멋대로 떠들었어요."

거의 혼잣말에 가까웠다. 구이준의 부모님은 기가 찬다는 표정이었다. 내 부모님을 데려오라며 교무실이 떠나가도록 버럭 외쳤다. 아빠가 올 리가 없지. 지금쯤 공사장에서 노동을 하고 있거나 번 돈으로 술이나 퍼마시고 있을 테니까. 그때 교무실 문이 열리며 박태양이 들어왔다. 담임선생님께서 한 손엔 수화기를 든 채 박태양에게 어서 나가라고 황급히 손짓했다. 박태양은 나가라는 선생님의 손짓에도 불구하고 교무실 안으로 성큼성큼 들어오더니 내 귀에 대고 속삭였다.

"너희 아빠 왔어."

순간 심장이 절벽 아래로 떨어지는 줄 알았다. 처음엔 안 믿었다. 교무실 밖으로 엉망인 옷차림에 우스꽝스러운 걸음걸이를 하고 오는 아빠의 모습을 보기 전까진. 자리에서 벌떡 일어나며 버럭 외쳤다.

"지금 뭐 하는 거야?"

선생님께서 화들짝 놀라시며 수화기를 탁 소리가 나게 내려놓았다.

"이찬희 너 조용히 안 할래? 태양이 너도 얼른 나가렴!"

선생님의 말씀에 박태양이 밖으로 나가며 내 귀에 대고 속삭였다.

"아빠가 아셔야지. 너도 이번 기회에 이 문제를 잘 해결…."

"안 닥쳐?"

다시 소리쳤다.

"이찬희!"

선생님도 마찬가지로 소리치셨고.

드르륵.

교무실 문이 열렸다. 아빠의 시선이 나에게 꽂혔다. 본능적으로 몸이 움찔했고 팔에 오소소 소름이 돋았다. 히끅!, 딸꾹질이 났다. 박태양은 그제야 상황을 눈치챘나 보다.

"이찬희, 나와."

아빠의 얼음장 같은 목소리가 내 몸을 훑고 지나갔다. 선생님께서 놀라신 상태로 찬희 아버님 되시냐고 물었지만 씹혔고, 나는 의자에 못 박힌 듯 꿈쩍하지 못하고 앉아 있었다. 땀이 줄줄 흘렀는데 피부는 차가웠고 몸이 덜덜 떨렸다. 아빠는 안으로 성큼 들어오더니 내 팔을 잡아끌고 복도로 내동댕이쳤다. 중심을 잃고 바닥에 철퍽 주저앉았고 선생님께선 놀라 자리에서 벌떡 일어났다. 일어나보려 했지만 아빠의 발길질에 본능적으로 머리를 감싸고 몸을 둥글게 말았다. 아무리 알코올 중독자라지만 설마 학교에 술을 마시고 왔을 줄이야. 도대체, 어떻게 입구에서 걸리지 않고 여기까지 들어온 거지? 절대로 들어올 수 없었을 텐데. 도대체 어떻게….

선생님은 발길질에 놀라 아빠의 팔을 덥석 잡았지만 아빠가 뿌리쳤다. 주변의 친구들이 소란스럽게 웅성거렸고 교실 안에 있던 친구들은 고개를 내밀었다.

"저거 이찬희 아냐?"

"미친, 저분 이찬희 아빠 아님? 그 욕 한 바가지 들이붓고 전화 끊었다던!"

그 와중에도 친구들의 말이 귀에 선명하게 들어와 박혔다. 선생님들이 뛰어나와 아빠를 붙잡고 말렸다. 그리고 그때, 내 눈에 들어온 장면은 놀람과 당황스러움이 가득한 눈으로 벙찐 채 나를 내려다보고 있는 박태양의 모습이었다.

너구나, 아빠를 이곳으로 데려온 사람이.

선생님들이 여럿 붙어 나에게서 아빠를 뜯어냈다. 친구들도, 구이준도, 구이준의 부모님도, 박태양도. 그 외에 다른 친구들도 놀란 눈으로 이 상황을 지켜보았다. 엄청난 감정이 폭풍처럼 나를 덮쳤다. 잠깐 사이에 놀랄 만큼 사방이 조용해졌지만 파도 소리만큼이나 큰 웅성거림이 들리는 듯했다. 온몸이 뜨거워졌다. 아빠는 나에게로부터 떨어져 나가면서까지도 쉴 새 없이 욕설을 퍼부어댔고 나는 아빠가 팔을 들 때마다 거북이처럼 몸을 움츠렸다. 그러고 싶지 않았지만 저절로 튀어나오는 행동이었다. 무서웠다.

2주간 정학을 받았다. 학교가 어마어마하게 시끄러웠을 거라는 사실은 안 봐도 뻔했다. 학교 앞에서 박태양을 기다리다가 학교를 나서는 박태양을 따로 불렀다.

"네가 불렀지?"

나의 물음에 박태양이 고개를 떨어뜨리며 말했다.

"응. 나야."

"도대체 어떻게! 아빠를 학교 안까지 불러온 건데? 입구에서 들어오지 못하잖아!"

터질 듯이 주먹을 쥐며 물었다. 박태양이 대답했다.

"그럴 수 있었어. 나도 너희 아빠가 그러고 오실 줄은 몰랐어, 정말이야. 어떻게 그럴 수 있었냐고 묻는다면… 내가 하는 일이니까."

이해가 되지 않았다. 발로 담장을 차며 분노를 표출했지만 박태양은 고개를 떨어뜨린 채로 가만히 서 있을 뿐이었다.

이 주 후, 학교에 간 뒤 달라진 점은 더 이상 박태양이 없다는 거였다. 꽤나 충격을 받았는지 전학을 갔다고 했다. 나를 바라보는 선생님들의 시선이 원래도 그랬지만 더욱 좋지 않았다. 몇 번이나 나를 불러 가정사에 대해 묻곤 했지만 입도 벙긋 안 했다. 신고를 고민하시는 듯 보였다. 그래서 딱 한 마디 했다.

"그냥 가만히 있어 주세요."

일이 이렇게 터지고 나서야 오는 뒤늦은 관심. 아니, 관심이라고 하기도 뭣했다. 절대 좋은 쪽에서의 관심이 아니라 사실을 생각할 뿐이니까. 어차피 이제 다 소용없다고 생각했다.

그리고, 온갖 욕설과 사실이 아닌 소문들을 들으면서도 소름 끼치는 무관심보다는 낫다고 생각했는데, 뒤에서는 놀라울 정도로 과장된 소문들이 나돌면서도 막상 나에게는 무관심한 것. 무관심과 욕이 함께 다가왔다. 내 편이 없다는 사실이 새삼스럽게 느껴졌다. 버티기 버거웠다. 아니, 버티기가 싫었다, 버틸 수 없었다. 여태까지 어떻게 버텨 왔는지 생각도 나지 않았다. 박태양과 구이준이 친했던 친구들은 박태양이 전학을 간 후 내 욕을 하며 어울려 다니기 시작했고 조별 활동에서 나와 한 조가 되면 조원 친구들은 망했다며 한탄했다. 나에게는 아무런 과제를 맡기지 않았고 나도 굳이 과제를 달라고 하지 않았다. 내가 한다면

까만 눈동자

망할 것을 잘 알았기 때문에. 하지만 과제에 참여하지 않는다는 이유로 나는 남들이 욕하는 대상이 되었다. 막상 감정 없는 얼굴로 그 친구를 쳐다보면 그 친구는 놀람, 무서움 등의 표정도 짓지 않고 '뭘 봐?' 라는 듯이 똑같이 나를 쏘아봤다. 뒤에서는 너무나도 많은 나에 대한 소문이 쏟아져 내렸지만 내가 다가서면 주어지는 것은 그토록 무서워 몸서리쳤던 무관심이었다. 나에게 있어서 무서웠던 모든 것들이 하나가 되어 나를 덮쳤다. 그 사이에 가을이 부쩍 다가왔고 박태양의 연락처를 알게 되었다. 먼저 연락이 왔으니까.

'미안해.'

온 연락은 이게 다였다. 욱하는 마음에 바로 차단해 버렸지만 곧 다시 풀었다. 노래조차 들을 수 없고 카톡조차 없는 내 폴더폰에 선생님 외에 저장되어 있는 유일한 전화번호였으니까. 내가 지나갈 때마다 웅성거리던 목소리들은 사그라들었고, 내가 자리를 뜨면 다가오는 파도처럼 거대한 수군거림이 아득하게 들려왔다. 무관심과 과도한 소문이 이상하게 합쳐졌다. 힘들었다. 항상 그랬지만. 내 편이 없어서 항상 힘들었지만, 이젠 내가 없다. 분명히 나는 존재하는데 내 자리는 사라졌다. 하지만 다시 생각해 보면 내 자리는 한 번도 있었던 적이 없던 것 같다. 나 혼자 온갖 나쁜 짓을 저질러 놓고 남들이 나를 이상하게 쳐다보며 주어지던 관심을 내 자리라고 혼자 착각했던 거니까. 결국 박태양이 보낸 '미안해.' 세 글자에 울음을 터뜨렸다. 교과서에도, 그 외의 책에도 수도 없이 실리는 글이지만, 한 적은 많아도 들은 적은 처음이라서. 그리고 겨울 방학을 며칠 앞둔 날, 문자가 오고 한참이 더 지난날 처음으로 박태양에게 연락했다. 우리 동네 낡은 건물 옥상으로 오라고.

진짜로 올 거라곤 생각도 못 했다. 낡은 건물이 우리 동네에 한두 개도 아닌데다가 시간조차도 알려주지 않았는데. 그날, 내가 학교를 째고 그 낡은 건물 옥상에 올라와 있는데 옥상의 철문이 요란한 소리를 내며 열렸고 박태양이 옥상 안으로 들어왔다. 조금 놀랐다. 놀란 감정이 느껴지는 것도 오랜만이었다. 이미 내 마음은 너무 말라비틀어진 바람에 감정을 느끼지 못하게 된 지 오래였으니까.

"미안해."

박태양이 말했다.

"너 때문이야."

내가 대답했고 내 말에 박태양은 대답하지 않았다. 내가 이어서 말했다.

"너만 아니었으면, 너만 나서지 않았더라면 이렇게까지는 안 됐어. 내가 얼마나 노력했는지 네가 알아? 너 때문에 구이준이 다른 친구들까지 동원해서. 지금 내 꼴이 어떤지 네가 알아?"

이번에도 박태양은 대답하지 않았다. 고개를 아래로 떨어뜨리고 있던 박태양은 고개를 들어 나를 물끄러미 바라보았다. 항상 활기가 넘치던 박태양의 눈동자에 깊은 슬픔이 배어 있었다. 어찌나 깊던지 평소 박태양에게 관심이라곤 없던 나조차 알아볼 정도였으니. 박태양이 가방을 열어 겉옷 하나를 꺼냈다.

"오늘 영하인데 반팔을 입고 있냐. 이거 입어."

박태양의 말에 이유 없이 성질이 끓어올라 박태양이 건넨 겉옷을 옥상 아래로 던져 버렸다. 박태양은 놀라는 기색도 없었다. 평소라면 그러는 모습에 더욱 화가 났겠지만 지금은 그럴 기운도 없이 지쳐 버렸다. 박태양이 다시 말했다.

"미안했어, 정말로. 다음에 보자."

박태양이 뒤를 돌아 옥상을 빠져나갔다. 뒤에서 멈추라고 소리쳐 보았지만 멈추지 않고 그대로 갔다. 또 이 드넓은 옥상에 나 혼자만 남았다. 찬바람이 불어와 추위에 온몸을 떨었다. 화는 다시 사그라들었고 외로움과 추위가 나를 덮쳐왔다. 주먹을 쥐어 손톱이 살을 파고들었지만 지금 드는 감정이 분노가 아니라는 사실을 잘 알고 있었다. 지금 드는 감정은 공허함, 지독한 외로움과 허탈함이었다. 나는 제한된 감정을 느꼈다. 한 번도 느껴보지 못한 감정들이 수두룩했다. 사랑이라는 감정은 뭘까. 선생님에게서도, 친구에게서도, 부모님에게서도. 목이 말랐고 눈이 따가웠다. 아무 일도 없었다는 듯이 옥상에는 정적만 맴돌았다. 그리고 색깔이라곤 없는, 마치 나의 짧은 인생 같은 얼어붙은 옥상에서 하루를 보냈다. 추위도 배고픔도 느껴지지 않았다. 두려움 한 조각 없이 옥상 아래를 메마른 감정으로 내려다보는데, 뒤에서 누군가의 목소리가 들렸다.

"정말, 못났어."

뒤를 돌아보자 분명히 없었던 것 같은데 어떤 사람이 옥상 난간에 앉아 있었다. 그 모습이 살짝 위태로워 보이기까지 했다. 내 또래 같아 보이는 그 애가 뒤를 돌아 나를 쳐다보았다. 그리고 말했다.

"내가 지금부터 너무 당연해서 어이없을 질문 하나만 할게. 너, 괜찮아?"

눈에서 무언가가 왈칵 쏟아졌다. 애는 뭐지? 처음 보는 애가 오랫동안 울지 않았던 나를 울렸다. 괜찮냐고? 무슨 그런 질문을 한담, 내 꼴을 보고도. 당연히 안 괜찮다. 날 향한 비난과 욕설은 불어났는데 그와 함께 그토록 싫어 몸부림쳤던 무관심이 나를 덮쳤다. 살려 달라고 거친 파도와 비바람 속에서 허우적거렸지만 누군가 나를 자꾸만 아래로 끌어당겼다. 온몸에 힘이 풀렸다.

"힘들었지? 수고했어."

그 애가 다시 말했다. 내 안에 꽉 막힌 무언가가 무너졌다. 상처가 나 곪고 썩어가는 상처에 댄 소독약처럼 온몸이 쓰라리고 따가웠다. 그제야 숨을 쉬었다. 허억, 하고 들이쉴 때 처음으로 깨끗한 공기를 들이마셨다. 이게 다른 사람들이 살아 숨 쉬는 세상이구나. 그 애가 내 어깨에 손을 얹었다. 따뜻했다.

"사랑받지 못했잖아. 사랑을 받는다는 것은, 이런 거야. 사랑받을 동안, 내가 네 기억을 가져가 줄게. 수고했어."

그 애의 신비로워 보일 정도로 새카만, 어쩐지 조금은 위태로워 보이기도 한 그 눈동자가 내 기억을 천천히 빨아들여 갔다.

까만 눈동자

제 3 장
까만 눈동자로

현재의 너와 기억속의 너

"이야기해도 안 믿으실걸요."

[다시 현재]

채연이의 눈동자가 굳었다. 감정이 느껴지지 않을 정도로. 채연이가 중얼거리듯 물었다.

"네가 괴롭힌 거네. 네가 괴롭힌 거야. 그래서 태양이가 우리 학교로 오게 되었고… 네가 그런 거네."

찬희가 온몸을 흔들듯 떨었다. 어찌나 많이 울었던지 찬희가 숨을 쉴 때마다 목에서 이상한 소리가 났다. 채연이가 부들부들 떨며 다시 말했다.

"나쁜 놈."

채연이가 벌떡 일어나 밖으로 나갔다. 채연이를 붙잡으려 나도 일어났고 채연이는 자신이 사 온 음료수를 걷어찬 채 밖으로 뛰쳐나갔다.

내가 서둘러 따라갔을 때는 채연이는 서리와 이야기를 하고 있었다. 아니, 정확히는 채연이가 쏘아붙이고 있었다는 쪽이 더 적절할 것 같다. 엿들은 생각은 추호도 없었지만 위치상으로 내가 보이지 않아 엿듣는 꼴이 되고 말았다. 채연이가 눈에서 눈물을 쏟아내며 뭉개진 발음으로 서리에게 말했다.

"도대체 왜? 가해자가 뭐가 불쌍하다고? 뭐가 그렇게 힘들어서. 저렇게까지 힘들어한 건데? 왜 쟤의 기억을 가져갔어? 그럴 만한 자격도 없는 애의 기억을? 어??"

날뛰는 듯한 채연이의 목소리와는 반대로 서리의 목소리는 거울비만큼이나 차갑고 차분했다.

"보고도 모르겠어? 채연아, 자격이 없다니. 너는 이미 너의 오빠에게서도, 태양이에게서도 많은 사랑을 받았잖아. 내가 네 기억을 가져간 이유는 너의 곁에 의지할 몇 안 되는, 너에게 사랑을 주는 사람들이 다 너의 곁을 떠났기 때문이야. 정말 견디기 힘든 아픔이니까. 하지만 찬희는 아예 사랑받은 기억이 없어. 그게 얼마나 큰 아픔인지 가늠할 수 있겠니? 찬희는 그냥 사랑받아야 했어. 살아남기 위해서. 친구를 때린 것은 지독한 무관심으로부터 살아남기 위한 발악이었어. 관심받기를 원했고 자신을 내버려 두길 원하는 거지. 앞뒤가 전혀 안 맞잖아. 하지만 자신은 잘하고 있다고, 최선을 다했다고 스스로 생각했지만 그걸 태양이가 방해한 거잖아."

채연이가 입을 다물었다. 하지만 화는 전혀 사그라들지 않은 것 같아 보였다. 채연이를 잠시 바라보던 서리가 이어 말했다.

"태양이가 찬희의 아빠를 학교에 모셔 온 것은 태양이가 안일했어. 그것 때문에…."

서리가 잠시 말끝을 흐렸다. 하지만 곧 다시 말했다.

"채연아, 네가 아는 찬희는 어떤 애야? 찬희가 정말로 기억 속

찬희의 모습이야? 사랑받은 찬희의 모습은 네가 나보다 더 잘 알잖아. 찬희가 원래부터 사랑받고 자란 친구였다면 지금은 어떤 모습일지, 생각해 봤니? 그랬다면 찬희는 지금쯤 어떤 기억을 가지고 있을까? 채연아, 네가 아는 찬희는 너희에게 이미 사랑받은 찬희야. 너는 이미 네 오빠와 태양이에게서 사랑받았잖아…."

채연이가 주춤했다. 입술을 잘근잘근 씹던 채연이가 이내 입을 열었다.

"강서리 너, 태양이랑 아는 사이였어? 뭔가… 태양이가 했던 말이랑 비슷해."

그렇게 말하며 서리가 무어라 말할 틈도 주지 않고 손으로 얼굴을 가리며 건물 계단을 뛰어 내려갔다. 서리는 그 자리에 혼자 우두커니 서 있었는데 그 뒷모습이 왠지 모르게 쓸쓸해 보였다. 가서 채연이를 잡을까 싶기도 했지만 잡는다고 뭐라 말해야 할지도 생각나지 않았다. 공감해주지도 못하는데 위로를 할 수 있을까. 다시 찬희에게 다가갔지만 찬희는 조금만 더 있겠다고 했고 나는 결국 혼자 하숙집으로 돌아갔다. 루나 아주머니가 밥을 하시며 채연이와 찬희는 어디에 있냐고 물으셨다.

"…이야기해도 안 믿으실걸요."

내가 대꾸했다. 루나 아주머니가 안쓰러운 표정을 지으시며 말씀하셨다.

"믿지는 못하더라도 이해할 수는 있지. 무슨 일이 생긴 거구나. 잘 화해하기를 기도할게."

루나 아주머니의 말에 내가 옅게 웃고는 방으로 올라갔다. 뒤쪽에서 아주머니의 '이 하루도' 노랫소리가 기분 좋게 들려왔다.

찬희는 늦게까지 돌아오지 않다가 자정이 넘어서야 하숙집으로 돌아왔고 아주머니는 찬희가 밥을 먹지 않았다며 그 시간에 일어나서서 남은 밥을 데워주셨다. 그 소리에 나도 깼고 말이다. 채연이는 돌아왔냐고 아주머께 물으니 몇 시간 전에 들어와서 밥도 안 먹고 방으로 들어갔는데 무슨 일이 있는지 아까부터 계속 울고 있다고 하셨다. 실타래처럼 꼬인 일에 머리가 지끈거렸다. 잠자리에 들며 기도드렸다. 보통은 무언가를 원할 때 했던 기도였지만 지금은 달랐다. 감사기도. 이 와중에도, 이 숨 막히는 상황 속에서도 이런 시간 주심에 감사하다는 그런 감사기도.

이런 상황에서 일주일이 훌쩍 지나갔고 다시 학교에 나가야 했다. 채연이와 찬희는 서로 간의 만남을 피하기 위해 아침을 먹지 않고 학교에 갔고 학교에서조차 따로 다녔다. 친구들이 와서 서로 싸웠냐고 묻기도 했지만 상황을 도무지 다 설명할 수 없어서 그냥 싸웠다고 해 뒀다. 서로 만나서 이야기를 하며 상황을 정면으로 맞닥뜨리는 일은 일어나지 않았다. 그러기 전에 해야 할 일이 쌓여있었으니까. 학교에서는 몇 시간이고 공부를 해야 했고 학교가 끝나면 아르바이트가 기다리고 있었다. 어떻게 하면 이 상황을 해결할 수 있을지가 도무지 떠오르지 않았다.

이른 아침 하늘의 안개 기운은 아직 남아있지만 낮은 확실히 더 더워졌고 더 길어졌다. 공원에 흐드러지게 핀 벚꽃들도 찬란

한 날개를 거둘 준비를 시작했다. 벌써 이 주가 지났지만 둘은 여전히 서로 쳐다보지도 않았다. 채연이와 만나면 찬희는 어떻게 말해야 할지 머뭇거렸고 채연이는 그대로 찬희를 피하는 식이었다. 찬희는 뭔가 할 말이 많아 보였다. 채연이에게도, 나에게도. 뭘 말하려는 건지는 잘 모르겠지만 그렇게 느껴졌다. 하지만 할 말이 무엇인지 물을 시간도, 물어본다 하더라도 들을 기회도 없었다. 조금도 기다리지 않는 현실에 한숨이 났다. 그러다 문득 궁금해졌다. 왜 서리는 이 둘을 한 하숙집에 묶었을까. 이것도 서리가 하는 일인가? 대답해줄 사람이 없는 질문이 머릿속을 헤집어놓았다.

사진 속의 너, 그리고 나

"왜, 왜 나를 그렇게 봐?"

아르바이트를 끝내고 와서 옷도 갈아입지 않고 침대에 엎어졌다. 여섯 시부터 여는 고깃집에서 두 시간 동안 고기를 굽고 왔더니 온몸에서 불 냄새가 났다. 시급이 높기에 가 보았으나 너무 힘들어서 그만해야겠다. 몸을 침대 위에서 빙글 돌리며 무심코 넣은 배게 밑에서 차가운 금속 물체가 만져졌다. 이게 뭔가 싶어 꺼내 보니 몇 주 전에 선생님께 돌려받은 서리의 핸드폰이었다. 유성현의 폭력 영상이 담긴 그 핸드폰. 완전히 잊고 있었는데 여기에 있었구나. 다시 서리에게 돌려주어야 하나 고민하며 지문인식센서에 검지손가락을 다시 갖다 대어 보았다. 역시 철컥 소리를 내며 잠금이 풀렸고 다시 갤러리에 들어가 보았다. 유성 현의 폭력 영상들은 그대로 들어 있었다. 그렇게 천천히 사진들을 넘기다가 손가락이 우뚝 멈추었다. 이 핸드폰에 들어 있는 사진들 중에 왜 내 사진이 있지?

사진 속 나는 활짝 웃고 있었으며 오른쪽에는 서리가 입꼬리만 올린 채 웃고 있었고 왼쪽에는 처음 보는 곱슬머리의 밝은 계열의 갈색 머리카락과 보조개가 쏙 들어간 남자애가 웃고 있었다. 순간 귀에서 쨍한 목소리가 내 귓속으로 들어왔다.

"뭐야? 네가 어떻게 박태양하고 사진을 찍었어?"

채연이었다. 고개를 휙 돌리니 입에 칫솔을 문 채연이가 휴대폰 속 사진을 뚫어져라 쳐다보고 있었다. 내가 갈색 머리카락의 남자애를 가리키며 물었다.

"얘가 박태양이야?"

채연이가 고개를 끄덕이며 다시 물었다.

"네가 박태양을 어떻게 아냐니까? 어떻게 같이 찍은 사진을… 잠시만, 얜 서리잖아!"

사진 속 나와 서리, 태양이는 나이가 지금보다 훨씬 어려 보였다. 열네 살에서 열다섯 살 정도로 보였다. 입고 있는 옷은 정확히 보이지 않았지만 넥타이가 보이는 것으로 보아 교복임이 분명했다.

"앤 분명히 박태양이야. 박태양이 서리를 어떻게 알지? 아니, 그전에 널 어떻게 안 거야? 설마 정태윤 너, 기억을 보내기 전에 서리랑 태양이를 이미 알고 있었던 것 아냐?"

그럴지도 몰랐다. 그렇지 않다면 이 사진은 말이 되지 않으니까. 게다가 이렇게 활짝 웃으며 찍은 사진. 차갑기가 얼음덩어리인 강서리가 같이 웃으며 찍은 사진은 말이 안 될 테니까.

"이게 누구 휴대폰이야? 저번에 주웠다던 그 핸드폰 아냐?"

채연이가 핸드폰을 뒤집어보며 물었다. 내가 다시 채연이의 손에서 핸드폰을 가져왔다.

"사실 강서리에게 받은 거야."

"서리에게? 어떻게?"

"음… 그게 말하기가 좀 복잡해. 일단 내가 알아볼 테니까 나중에 얘기하자."

채연이의 입가에 치약 거품이 흘러나왔다. 당연히 표정도 그리 좋지 않았고 말이다. 채연이가 뒤돌며 중얼거렸다.

"이제는 모르겠다, 나도."

방문이 닫히고 채연이가 나갔다. 나도 한동안 셋이 찍은 사진을 물끄러미 바라보았다. 뒤쪽 배경에 수많은 책꽂이가 있는 것을 보아서는 도서관 같았다. 아무래도 나 혼자 고민하다가는 아무런 결과도 얻지 못할 것 같아서 결국 자리에서 일어나 겉옷을 집어 든 채 저번에 채연이와 함께 서리를 만났던 옥상으로 향했다.

옥상에는 서리가 없었다. 하지만 예상외 인물은 있었다. 김우민. 핸드폰 타자를 두드리던 우민이가 기척에 고개를 들었다.

"어? 정태윤? 여긴 어떻게… 윽, 고기 먹었냐? 무슨 냄새가 이렇게 나?"

우민이가 이어 말하기 전에 내가 핸드폰을 우민이 앞에 들이밀었다.

"이 사진, 너 알아? 아니다. 혹시 강서리 어디에 있는지 알아?"

우민이가 내가 들이민 핸드폰을 내 손에서 떨어뜨리며 바라보았다. 그리고 사진을 보며 말했다.

"박태양이잖아. 너희 셋이 찍은 사진이네. 아니, 잠시만! 네가 이 핸드폰을 어떻게 가지고 있는 거야?"

"너도 박태양을 알아?"

내가 표정을 찌푸리며 물었다. 우민이가 잠시 고민하다가 입을 열었다.

"그래, 이것까진 말해도 되겠지, 뭐. 박태양, 내 사촌이야."

우민이의 입에서 나온 말은 역시 충격적이었다.

"무, 뭐? 사촌?"

우민이가 고개를 끄덕였다.

"그것도 충격적이기는 하지만, 내가 물은 건 내가 왜 이 사진 속에 있냐는 거잖아. 혹시 알아? 내가 왜 강서리랑 그… 박태양이랑 찍은 사진이 여기에 있는지?"

내 물음에 우민이가 쓰게 웃으며 대꾸했다.

까만 눈동자

"왜, 공부 잘하는 애들끼리는 친하잖아. 1등, 2등, 3등이네 뭐."

"그게 무슨 소리야?"

내가 눈살을 찌푸렸다. 우민이가 고민하다가 뒤를 돌았다.

"미안. 더 말해 줄 수 있는 게 없네. 다음에 봐."

우민이의 목소리가 얕게 떨렸다. 하긴. 죽은 사촌의 사진을 눈앞에서 들이밀었으니. 미안한 마음이 들었다. 우민이는 그대로 옥상 아래로 펄쩍 뛰어내렸고 나는 저번처럼 놀랐다. 저 모습은 역시 적응이 안 되고 앞으로 몇 번을 봐도 적응은 절대 안 될 것 같다. 결국 핸드폰을 가지고 태양이가 우민이의 사촌이었다는 별로 도움이 되지 않는 단서(충격적이긴 했다.) 하나만 가지고 다시 하숙집으로 터덜터덜 돌아갔다. 찬희에게도 이 사진에 대해 물어볼까 하다가 말았다. 안 그래도 심란할 텐데 더 고민스럽게 하고 싶지는 않았다. 그리고 돌아가는 내내 같은 질문이 내 머릿속을 가득 메웠다.

'나는 누구였을까.'

돌려받을 기억 속의 내가 얼마나 힘들었을지가 무섭지 않다. 기억 속의 내가 어떤 나였을지가 궁금하다. 그 착해 빠진 찬희가 기억 속의 찬희와 동일 인물이라는 사실이 나도 믿기지 않으니까. 때문에 채연이가 찬희를 아예 미워하지는 못하는 이유가 아닐까. 나의 기억은 열다섯 살 말의 기억부터 시작된다. 정신을 차리니 하숙집이었다. 그리고 아예 옛 기억이 없는 상태에서의 나의 모습을 상상하기가 힘들었고, 상상하더라도 기억은 이미 없는 상태이므로 자꾸 부정적인 상상으로 뻗쳐 나갔다.

띠리릭.

도어락 소리가 착 내려앉은 하숙집 안을 울렸다. 하숙집에 모든 불이 다 꺼져 있어서 어두웠고 루나 아주머니는 계시지 않았다. 채연이와 찬희는 아직 아르바이트에서 돌아오지 않은 모양이다 하고 고개를 돌렸다가 하숙집 소파에 멍하니 앉아 있는 찬희를 보고 놀라 고꾸라질 뻔했다.

"으아악!"

내 비명소리에 찬희가 몸을 흠칫하며 내 쪽을 쳐다보았다.

"아 뭐야 이찬희! 집에 혼자 있으면서 왜 불을 안 켜?"

내가 가슴을 쓸어내리며 버럭 성질을 냈다. 하지만 찬희의 얼굴에는 상황과 전혀 어울리지 않는 감정이 실려 있었다. 의구심. 그래, 찬희가 나를 바라보는 눈빛은 온통 의구심으로 범벅되어 있었다.

"왜, 왜 나를 그렇게 봐?"

"정태윤, 너 누구야?"

찬희가 나를 빤히 쳐다봤다. 내가 고개를 기울이며 물었다.

"내가 누구냐니. 정태윤이지."

"…너는 뭘 하는 사람이야?"

"뭘 그런 걸 다 물어? 학생이잖아. 너… 왜 그래?"

내 대답에 찬희의 표정은 더욱 심각해졌다. 보다 못한 내가 물었다.

"아니, 도대체 무슨 말이 하고 싶은 거야?"

그러자 찬희가 천천히 대답했다.

"기억나? 내가 말 했던 거. 내 어깨에 얹어진 손을 따뜻했고 눈동자는 신비로울 정도로 쌔까맸다고."

순간 어떤 생각이 총알처럼 내 머릿속을 뚫고 들어갔다. 찬희가 이어 말했다.

"내 기억을 가져가 준 사람은…. 서리가 아닌 **정태윤, 너였어.**"

가슴이 철렁 내려앉았다.

까만 눈동자로

"힘들 거야."

허겁지겁 아까 우민이를 만났던 옥상으로 달려갔지만 아무도 없었다. 서리를 찾아야 한다. 머리를 쓸어 올리며 생각하다가 문득 아까 우민이에게 들이밀었던 핸드폰이 떠올랐다. 그곳에 혹시라도 서리나 우민이의 전화번호가 들어 있지 않을까. 후드집업 안에 손을 넣으니 핸드폰이 만져졌다. 서둘러 지문인식센서로 핸드폰 잠금을 해제한 뒤 바로 전화 최근기록에 들어갔다. 왜 여태껏 그 생각을 못 했을까? 최근기록에 들어간 후, 곧 숨을 헉 하고 들이마셨다.

연락처 목록, 1번 강서리.

연락처에는 서리 말고도 선생님이라는 사람과 박태양, 김우민의 연락처도 있었다. 도대체 이건 언제적 핸드폰인 거지? 그리고 그중 낯익은 이름도 발견했다. '루나 선생님.' 이름을 보는 순간 가슴에 탁 걸렸지만 지금은 그럴 때가 아니었다. 강서리에게 전화를 걸어야 한다.

이마에서 땀이 한 방울 떨어졌다. 뭘 그렇게 걱정하냐. 내가 누군지가 뭐가 그렇게 무서울 일이라고, 생각하며 마음을 진정시키려 애썼지만 불가능했다. 고장 난 심장은 브레이크가 작동하지 않았고 떨리는 손으로 강서리에게 통화하기. 버튼을 눌렀다. 뚜르르르. 핸드폰에서 신호음이 갔다. 아무런 음정도 없는 신호였지만 그 신호가 모여 나의 기억의 조각들을 들추어내려 애쓰는 기분이 들었다. 제발, 이러지 마.

물론 처음에는 찬희의 말을 믿지 않았다. 농담하지 말라고, 이런 상황에 농담이 나오냐고 묻기도 했고 화를 내기도 했다. 하지만 찬희의 표정은 전혀 흔들리지 않았다. 스스로 자신이 지금 농담을 하는 것 같냐고 묻기까지 했다. 신비로워 보일 만큼 새카만 눈과 따뜻한 손. 내가 아니라기에는 너무 많은 것들이 나임을 증명하고 있었다.

철컥,

그리고 누군가가 전화를 받았다.

- 여보… 세요?

익숙한 목소리가 핸드폰을 타고 내 귓속으로 들어왔다.

- 정태윤…?

- 강서리? 너 강서리야?

내가 재빨리 물었다. 서리의 목소리에서 당혹감이 느껴졌다.

- 누구세요? 정말 정태윤이야?

- 어. 나 정태윤이야. 나도 지금 이 상황이 어떻게 된 건지 모르겠으니까 지금 그러니까 그… 그래. 지난번에 채연이랑 나랑 너랑 만났던 그 옥상으로 최대한 빨리 좀 와 봐.

목소리가 주체가 안 되었다. 나의 정체를 아는 데에 있어 원하지 않았지만 밀려들어가고 말았다. 어쩌면 지금 느끼는 감정은 무서움이 아닌 내가 알아야 하는 것에 대한 격렬한 열망일지도 몰랐다.

- 무슨 일인데 그래? 여보세요? 이 핸드폰으로는 어떻게 연락한 거야?

그토록 당황한 서리의 목소리는 처음 들었다. 주변에 사람이 있었는지 휴대폰 너머로 누구냐고 묻는 목소리가 조그맣게 들렸다.

- 오면 말해 줄게.

그렇게 말하곤 전화를 뚝 끊었다. 혹시라도 다시 전화가 걸려올까 했지만 더 이상의 전화는 걸려 오지 않았다. 그리고 곧 옥상의 철문이 부서져라 열리며 서리가 들어왔다. 우민이와 함께.

옥상 위로는 둥근 달이 환하게 떠 바닥을 비추고 있었다. 둘의 눈에서 짙은 당혹감이 느껴졌다. 아무래도 내가 그들을 바라보는 눈빛도 비슷했을 거다.

"정태윤? 설마…."

우민이가 한쪽 발을 디디며 물었다. 하지만 내가 먼저 서리에게 단숨에 다가갔다. 그리고 그 상태로 서리의 어깨를 잡으며 물었다.

"강서리, 넌 알지? 내 기억을 가져갔으니까. 도대체 내가 누구야? 내가 누군데 찬희의 기억을 가져갔다는 거야?"

서리는 순간 이 상황을 따라가지 못하는 듯 보였지만 이내 입을 딱 벌리고 중얼거렸다.

"아 맞다. 그 마지막 기억…."

서리가 다시 내 눈을 똑바로 쳐다보았다. 내가 물었다.

"…나는 누구야?"

그리고 곧 냉정을 되찾은 서리가 다시 입을 열었다.

"그렇게 조심하랬잖아. …알고 싶어?"

서리의 말에 내가 바로 고개를 끄덕였다. 어쩌면 너무 흥분한 나머지 깊게 생각하지 못하고 한 충동적인 행동일지도 모른다. 하지만 분명한 것은, 나는 내 기억 속의 내가 어떤 사람인지 알아야 한다. 내가 그토록 무서워했지만, 내가 저지른 일이라면, 외면하고 싶어 기억 깊숙이 묻어 두었을지라도, 피하고 싶어 서리에게 맡겼을지라도.

"네 기억은 내가 가지고 있지 않아."

서리가 차갑게 말했다. 그 짧은 한마디에 다시금 야구방망이로 뒤통수를 얻어맞는 기분이었다. 내 눈빛이 어떨지 상상이 갔다. 무서움과 불안과 당혹감이 엉망으로 뒤섞인 겁에 질린 표정이었겠지.

"그게… 무슨 소리야?"

내가 물었다. 고개를 돌려 우민이를 바라보니 우민이도 처음 듣는 소리 같았다. 내가 시선을 다시 서리에게 돌렸다. 온몸에 녹이 슬어 움직임이 둔해진 것만 같았다. 침을 꿀꺽 삼킨 채 다시 물었다.

"그럼 누가 가지고 있어?"

"네가."

서리가 대답했다. 내 기억을 내가 가지고 있다고? 하지만 나는 분명히 기억이 없는데?

"무슨 소린지 못 알아듣겠어. 내 기억을 내가 가지고 있다니? 나는 분명히 기억이 없어! 한 번만 말해줘. 나는 누구였어?"

"너는 정태윤이었어. 처음부터 끝까지."

서리가 특유의 표정으로 나를 바라보았다. 그리고 여태껏 들어봤던 서리의 목소리 중 가장 따뜻한 목소리가 흘러나왔다.

"걱정하지마. 너는… 네가 무슨 일을 했든지, 누구를 도왔고 스스로가 아닌 누구를 선택했든지. 부끄럽지 않을 거야."

서리가 고개를 들어 밤하늘을 밝히는 달을 바라보며 말했다.

"설명하는 것 보다 직접 해 보는 게 빠르겠지. 가서 거울을 봐. 정확히는 거울 속 네 눈동자를. 기억을 돌려받는다면 알게 될 거야. 이건 너랑 나 외에는 아무도 모르는 일이니까." 그리고 서리가 나를 바라보았다. 내가 천천히 서리의 어깨에서 손을 뗐다. 그리고 물었다.

"나는 너와 같은 일을 했던 사람이야?"

내가 진정되기를 바라며 눈을 들어 서리를 바라보았다. 내 말에 서리가 고개를 돌렸다.

"나는 네가 이 일을 선택하기 바랐어."

서리가 알 수 없는 말을 했다. 그리고 나는 그런 서리를 보며 유일한 기억의 조각을 붙들었다.

"너였구나."

서리의 시선이 나를 향했다. 사월 초 저녁의 서늘한 바람이 후드집업 사이로 비집고 들어왔다.

"나한테 가라고 했던. 엉망인 모습으로 달려왔던 사람이 너였구나. 그 기억 속 사람이 너였구나."

내가 중얼거렸다. 하지만 서리의 표정에서는 그 어떤 말도 읽어낼 수 없었다. 쏟아지던 빗속에서 울던 서리의 모습이 지금의 모습과 겹쳐졌다. 몇 시간 같이 느껴지는 몇 분의 침묵이 흘렀다.

까만 눈동자

"힘들 거야."

겨울날 내리는 이슬 같은 목소리가 침묵을 깼다. 내가 고개를 아래로 떨어뜨렸다.

"내가 어떤 사람이든지, 너에게는 미안해야 하는 사람일 것 같아."

내 말에 서리는 대답하지 않았다. 그저 자신의 팔을 내 허리에 순식간에 감은 채 짧게 말했을 뿐이었다.

"데려다줄게."

서리는 곧 옥상 아래로 뛰어내려 가로등과 가로등 사이를 밟아 뛰며 순식간에 하숙집에 도착했다. 너무 순식간이라 하마터면 숨이 멎을 뻔했다. 하숙집 앞에 조심스럽게 발을 디딘 후 고맙다고 말하려 고개를 돌렸지만 서리는 아무런 대답도 듣지 않고 다시 가로등 위로 뛰어 올라가 버렸다. 그 뒷모습의 흔적을 가만히 서 잠시 바라보다가 뒤돌아 하숙집으로 들어갔다.

하숙집 안으로 들어가자 찬희와 채연이는 없었고 불이 꺼져 어두웠다. 믿어 보기로 했다. 모든 순간 용기를 주셨고 나는 내가 누군지 알아야 하며 반드시 그래야 하니까. 가까스로 진정되었던 심장이 다시 시동을 걸어 정신없이 뛰었다. 머리는 모르는 걸, 마음은 알고 있는가 보다. 하숙집 화장실에 들어가 불을 켰다. 예비된 듯이 저번보다 더욱 깨끗한 거울에 내 까만 눈동자가 비쳤다. 한 걸음 다가가 거울에 손을 대고 내 눈동자를 빤히 들여다보았다. 알아낼 거야, 내가 누구인지. 내가 원해서 잊은 기억일지라도. 나는 내가 한 일에 책임을 져야만 해. 채연이처럼, 찬희처럼. 거울 속 비친 내 모습이 용기 있는 사람이기를 기도하며 들여다본다. 내가 지금의 내게 부끄럽지 않은 사람이었기를. 제게 용기를 주세요, 중얼거리며. 신비로워 보일 정도로 새까만 내 눈동자를 바라보았다. 그리고 지난번 일어났던 것처럼 이명이 들리며 사방이 일렁였다. 이번에는 저항하지 않았다. 어쩌면 내가 너무나도 찾고 싶었던 내 기억이… 내 까만 눈동자 가득히 그려졌다.

제 4 장
기억의 끝자락

나

"왜 스스로 그런 짓을 해요?"

[정태윤 기억]

내가 처음 발견된 건 한 세 살 때였을 거다. 비가 주룩주룩 내리는 날 쓰레기 더미 앞에 혼자 주저앉아 있던 나를 서리가 발견했다. 서리는 아장아장 아빠에게 뛰어가 나를 가리켰고 나는 서리의 아빠인 선생님께 번쩍 들려 낯선 학교로 오게 되었다. 내가 다니지만 다른 사람들은 잘 모르는 학교. 그때부터 나는 거기서 배우고 자랐다. 나와 같이 버려진 친구들이 모여 있었다. 그곳에서 먹여주고 재워주며 사랑해줬다. 일곱 살 무렵쯤 선생님들이 우리를 불러다가 물었다.

"아픈 친구들을 도와주고 싶은 사람? 좀 힘든 일이 될 수도 있어."

도와주는 일은 좋은 일이라고 생각한 친구들이 너도나도 손을 들었다. 나와 강서리도 마찬가지로. 그렇게 처음 기억을 가져가 주는 일이 시작되었다. 처음에는 바로 다른 친구들의 기억을 가져가진 못했다. 연습 기간이 필요했다. 내가 다른 친구들의 아픈 기억을 가지고 있어야 했으므로 견딜 수 있는 훈련이 필요했고 돌려줄 수 있는 기술도 필요했다. 위로의 말을 배우고 계속 연습했다. 급식소에서 일하시고 가끔 나와서 재미있는 이야기를 들려주며 밤에 잘 때 우리를 재워 주시는 루나 아주머니와 우리를 가르쳐 주시는 선생님의 사이에서 태어난 외동딸인 서리는 우리들 중에서도 특히 월등했다. 대부분의 기억들을 잘 견뎠고 기억을 가져가 주는 훈련도 우리 중 가장 빨리 익혔다. 나는 두 번째로 익혔고, 태양이가 세 번째로 익혔다. 그리고 우민이가 맨 끝에서 두 번째로 익혔다. 처음 기억을 가져가 주는 일을 경험해 본 것도 서리였다. 처음에는 장난감을 잃어버린 다섯 살 여자아이의 기억을 가져가 줬다. 두 번째로는 내가 직접 나가 보았다. 벌에 쏘여서 벌만 보면 몸을 떠는 애의 기억을 가져와 보았다. 기억을 가져오자 갑자기 벌이 무시무시해 보이기 시작했다. 물론 그게 완전한 내 기억은 아니니까 벌을 완전히 무서워하게 된 건 아니고.

"태윤아! 오늘 루나 선생님 특강 있대!"

유리가 뛰어와 신나서 말했다. 루나 선생님. 그러니까 서리 엄마의 수업은 항상 재미있지만 주의할 점은 항상 있었다. 이번 수업은 기억을 돌려주는 것에 관한 수업이었는데, 기억을 오랫동안 돌려주지 않았을 때의 부작용에 관한 수업이었다. 당시의 내 나이는 여덟 살이었다.

"기억을 오랫동안 돌려주지 않는다면, 그 기억은 점점 머릿속에 자리 잡게 되고, 그 기억이 머릿속에 스며들수록 그 기억에 대한 감정을 더 자세히 느낄 수 있게 된단다. 그 상태에 이르면 기억을 돌려준다 해도 잔해가 남기 마련이지. 하지만 계속 돌려주지 않는다면 어떻게 될까? 그런다면 곧 그 기억이 자신의 기

까만 눈동자

억이 되고 말 거야. 남의 기억이라는 걸 알지만, 그리고 그 기억 속 사람들은 자신이 전혀 모르는 사람이지만, 그 감정의 1인칭 시점으로 그 일을 겪는 사람이 느끼는 감정을 너희의 기억처럼 느껴야 하는 거지. 그러니까 이건 좀 무섭다고도 할 수 있어. 그러니까 기억을 가져가 주는 것도 중요하지만 기억을 돌려주는 것도 중요하단다. 기억을 돌려주어야 너희가 도와준 그 사람들이 잠깐은 힘들겠지만 성장할 수 있는 거고. 자, 오늘 수업은 여기까지!"

선생님의 발랄한 목소리가 교실을 울렸다. 친구들이 꺄르르 웃었고 서리도 입꼬리를 올렸다. 서리와 나는 짝꿍이었는데 짝꿍끼리는 방을 함께 쓴다. 그러니까 서리와 나는 짝꿍 겸 룸메이트인 거다. 방에 돌아와 침대에 털썩 누웠더니 서리가 나를 쏘아보며 말했다.

"옷 갈아입고 누워."

서리와 나는 이층 침대를 썼는데 이 층은 서리가, 일 층은 내가 썼다.

"어차피 내 침댄데 뭐. 나 졸려. 어젯밤에 받아온 기억이 너무 안타까워서 잠을 잘 못 잤단 말이야. 뭐, 이 부분에선 원탑인 넌 모르지?"

내가 시큰둥하게 말했다. 서리가 내 팔을 잡아끌더니 나를 침대 아래로 끌어 내렸다.

"아, 왜 그래!"

"내가 감정 없는 로봇이냐? 나도 그런 기분 다 느끼거든? 다만 내가 잘 이겨낼 수 있을 뿐이지. 게다가 너는 또 어떻고? 내가 1등이지만 넌 2등이잖아."

"내가?"

그때 처음 알았다. 내가 2등이라는 걸 말이다. 서리는 그것도 몰랐냐는 표정을 짓곤 저녁을 먹으러 가자며 먼저 나갔다. 나도 어기적거리며 일어나 복도를 나서는데 저 끝에서 우민이가 혼나는 소리가 들렸다. 형과 대판 싸운 동생의 기억을 가져가 주어야 하는데 실수로 형의 기억을 가져간 모양이었다.

"김우민 너 정신 안 차릴래? 어휴, 그래도 처음이니까 봐준다."

선생님이 이마를 짚으셨다. 아마 우민이가 가져간 기억을 다시 선생님이 가져가서 직접 돌려줘야 하는 수고를 겪으실 터였다. 우민이를 기다렸다 급식을 먹으러 갈까 했지만 그냥 혼자 급식실에 왔다. 기다리지 않을 이유는 없었지만 기다릴 이유는 또 뭐람.

우민이와 사이가 급격하게 나빠지기 시작한 건 열 살 무렵이었다. 열 살이 되자 우리는 점점 더 어두운 기억들을 가져가기 시작하며 '죽음'이라는 것에 가까이 다가갔다. 서리와 나는 여덟 살이 끝나갈 즈음에 애완동물이 죽어 슬퍼하는 친구의 기억을 아주 잠시 가져가 주었었다. 너무 오래 가지고 있으면 추억을 떠올리는 데 문제가 생길 수 있으니 삼일에서 일주일 정도로만 가지고 있었다. 대부분의 친구들은 아홉 살이 넘어서 시도했지만 너무 과몰입한 바람에 엉엉 울며 일을 그만두는 친구들도 몇 명 있었고 다른 기억들보다 힘을 많이 소모해야 해서 평소 체력이 좋지 않았던 친구들은 기억을 끝까지 빨아오지 못하는 경우도 더러 생겨났다. 우민이도 아등바등 버티곤 있었지만 많이 힘들어 보였다. 우민이는 사촌 친구와 함께 들어왔는데 우민이와 반대로 그 사촌 친구인 태양이는 3등으로 일을 되게 잘했다. 우민이는 공감능력이 뛰어난 아이여서 애완동물이 죽은 기억을 일주일 가지고 있어야 하는데 결국 닷새만 가지고 있다가 돌려주었다. 우민이가 애완동물의 죽음에 관한 기억에 힘들어할 때 서리와 나는 지인이나 친척인 진짜 '사람'의 죽음에 관한 기억을 가져가주기 시작했다. 서리는 다른 친구들보다 능력이 뛰어났으므로 첫 기억부터 교통사고로 죽마고우를 잃은 친구의 기억을 가져갔다. 그리고 그날 서리가 우는 것을 처음 보았다. 나는 열 살이 되고 나서 처음 사귄 친구를 역시 교통사고로 잃은 어느 열한 살 누나의 기억을 가져갔다. 애완동물과는 비교할 수 없을 정도로 힘든 기억이었다. 그리고 그날 밤을 꼴딱 새우고 다음 날 수업시간 전체를 졸면서 보냈다. 다른 사람의 '죽음'을 가져가는 일은 여간 고된 일이 아니었다. 한번 가져가면 체력이 쭉 빠져서 계단도 못 올라갈 정도로 힘이 빠질 때도 있었다. 어느 날 병을 앓던 늦둥이 동생을 잃은 형의 기억과 그 형과 두 살 차이 나는 동생의 기억을 한 번에 가져갔다가 몸살이 나서 열이 38도까지 끓어올랐다. 몸에 납덩이를 단 것처럼 축축 처져서 다음 수업을 듣는 것은 무리라 생각했다. 방에 들어가서 좀 쉬어야겠다 결정

하고 선생님을 만나러 가는 길이었다. 이제 겨우 애완동물 죽음의 기억 막바지에 다다른 우민이가 훌쩍이며 이쪽으로 걸어오고 있었다. 세상이 빙글 돌아 보여서 우민이를 발견하지 못하고 우민이와 머리를 박고 말았다. 우민이가 머리를 감싸 쥐고 결국 꾹 참고 있던 울음을 터뜨리며 외쳤다.

"아! 왜 치고 그래?"

"아, 못 봤어."

얼렁뚱땅 넘기려 했지만 우민이가 다시 빼액 소리를 질렀다.

"사람을 쳤으면 사과를 해야지! 안 그래도 지금 속상해 죽겠는데!"

안 그래도 머리가 깨질 것 같은데 똑같이 부딪쳤음에도 사과하라는 우민이의 말에 성질이 우르륵 끓어올랐다.

"같이 부딪쳤으면서 왜 그러냐? 너만 힘든 줄 알아?"

나도 지고 싶지 않아 소리쳤다. 우민이가 다시 으앙 하며 울었다.

"그만 좀 질질 짜! 진짜 보기 싫거든? 고작 그딴 걸로 울고 그러냐?"

별생각 없이 말을 뱉었다가 흠칫했다. 아끼는 애완동물이 죽은 일이 얼마나 슬픈 일인지를 잘 알면서 고작이라는 말을 뱉다니. 사과하려 했지만 우민이가 더 빨랐다.

퍽!

부들부들 떨던 우민이가 머리로 내 코를 들이받았다.

"아!"

코를 감싸 쥐었다. 붉은 피가 흘렀다.

"이게 얼마나 슬픈 일인데! 고작 그딴 거라고?"

그리고 우민이는 싸움을 그리 잘하지도 못하면서 나를 두어 번 더 때렸다. 충분히 막을 수 있었지만 세상이 빙글빙글 도는 덕에 저항을 몇 번이나 실패하고 교실 밖으로 나온 선생님께 딱 걸려 교무실로 끌려왔다. 피가 흐르는 코에 휴지 뭉치를 구겨 넣고는 선생님이 우리를 다그치셨다. 아무리 그래도 서로 의지해야 더 잘 이겨낼 수 있다고. 선생님의 길고 긴 설교를 듣다가 중심을 잃고 뒤로 넘어갔고 정신을 차려 보니 보건실이었다. 보건 선생님께선 며칠 쉬는 게 좋겠다고 하셨고 곧 태양이에게 등이 떠밀려 온 우민이가 쭈뼛거리며 들어왔지만 아무 말도 하지 않고 가만히 서 있다가 도로 나갔다.

딱 이틀 쉬었다. 내가 기억을 가져가 주어야 하는 친구들, 누나, 형, 동생들과 어른들까지. 너무 많은 사람들이 명단에 실려 있었다. 고작 열 살이, 자신이 도와야 하는 사람들을 위해 아픈 데도 힘을 내어 일어났다.

다시 일을 시작한 지 하루 뒤 한숨을 푹 내쉬며 서리에게 물었다.

"있잖아, 세상에는 왜 이렇게 힘든 사람이 많지?"

서리가 나를 쳐다보았다. 잠시 서로를 빤히 쳐다보다가 서리가 고개를 돌리며 대꾸했다.

"나도 모르지 뭐."

그리고 그날 저녁에 서리가 대답했다.

"아마 사랑 때문일 거야. 사랑하는 것들이 내게서 사라진다는 건 정말… 슬픈 일이니까."

아침에 물었을 때는 어이가 없다는 표정을 짓더니 지금 와서 대답한다는 것은 그동안 내 질문을 곱씹으며 그럴싸한 답을 고민했다는 건가 싶은 생각이 들었다. 피식, 웃음이 났다. 우리는 곧 열한 살이 되었고, 죽음만큼이나 슬픈 일은 없다고 생각했지만 아직 넘어야 할 산이 너무나도 많이 남았다는 사실을 알게 되었다. 역시나 1등과 2등인 서리와 나는 다른 친구들보다 먼저 배우게 되었고, 남의 죽음이 아닌 스스로 자신의 죽음을 생각한다는 것에 대해 배웠다. 충격이 아닐 수 없었다. 선생님께 물었다.

"왜요? 왜? 왜 스스로 그런 짓을 해요? 자신이 죽으면 분명히 다른 사람들은 슬퍼할 거예요. 저희가 기억을 가져가야 할지도 모른다고요. 그런데 왜? 아무리 그래도 사랑받는 사람일 텐데."

내 물음에 선생님께선 사랑받을지라도, 그것을 모른다면 다 소용없는 일이라고 했다. 스스로 괴로움에 물들어 자신이 사랑받는 사람이라는 것을 인식하지 못하고, 그럴 때 나타나는 현상이라고 했다. 그때 서리가 물었다.

"만약, 아예 사랑받아보지 못했다면요? 물론 우리는 살아가면서 항상 매 순간 사랑받지만, 자신이 스스로 사랑받은 기억이 없다고 느낀다면, 그렇다면 어떻게 되는 거예요, 아빠?"

서리의 물음에 선생님이 대답하셨다.

"그건 나중에 알려줄게. 오늘은 너무 무거운 이야기만 한 것 같네. 그건 내 스타일이 아닌데 말야."

선생님이 앞으로 팔을 쭈욱 펴며 말씀하셨다. 그리고 싱긋 웃으셨다. 너무 나의 감정처럼 느끼지는 말라는 뜻이겠지. 그렇게 된다면 더 힘들 테니까.

아무리 힘이 들어도 살아가는 힘을 주는 것이 사랑받는 것이고 사랑하는 것인데 그것을 느끼지 못한다니, 얼마나 힘든 삶일까 하는 생각이 머릿속을 떠돌아다녔다. 하지만 너무 깊게 간 것 같아 머리를 가로저으며 생각을 털어내려 애썼다. 그리고 '자살'이라는 것을 떠올리는 친구의 기억을 가져가고 이틀 밤을 꼬박 새웠다. 서리도 마찬가지였고. 타인의 죽음과 비슷하지만 달랐다. 어찌 보면 더 아픈 것 같기도 했다. 세상엔 왜 이렇게 힘든 사람들이 많을까, 생각했다. 그렇게 '자살'이라는 마지막을 배운 우리는 골고루 돌아가며 사람들의 기억을 가져가 주었다. 하지만 하나의 큰 산이 남았다. 기억을 돌려주는 것. 사실 처음에는 그렇게 어렵지도 않은 일이었다. 인형을 잃어버린 친구의 기억을 돌려주면 잠시 슬퍼하다가 그래도 생긴 새 인형을 보며 다시 기운을 차리기도 하였으니까. 하지만 죽음을 떠올리게 한다면, 죽음의 기억을 돌려준다면 그 친구는 내 눈앞에서 모래성처럼 무너졌다. 사라진 기억 끝에 얻은 새로운 삶이 다시금 무너지기도 했다. 다시 일어날 힘이 생겼다 하더라도 그 무너지는 순간만큼은 차마 그 모습을 볼 수 없었다. 그렇다고 외면할 수도 없었다. 내가 하는 일 중에 가장 힘든 일이었다.

연습 또 연습

"이걸 어떻게 비밀로 해?"

"정태윤 너 정신이 나갔구나?"

서리가 말했다. 하루 종일 서리를 외면하자 그날 방에서 나를 기다리다가 내가 자러 들어오자 바로 말했다.

"너, 계속 이런 식이면 아빠한테 말할 거야."

눈이 튀어나올 뻔했다. 복도로 나가려는 서리의 팔을 덥석 붙잡았다. 서리가 겨울비처럼 차갑게 나를 쏘아봤다.

"비밀로 해줘." 내 말에 "이걸 어떻게 비밀로 해?" 서리가 대답했다.

열세 살. 받은 기억을 다시 주인에게 돌려주지 않고 있다는 사실을 서리에게 딱 걸린 것은 며칠 전이였다. 서리가 어떤 동네 친구의 기억을 가져가고 돌아오는 길에 이미 나에게서 기억을 돌려받았어야 할 친구가 기억을 돌려받지 않고 다니는 것을 봐버린 탓이다.

"진짜 어쩔 수 없었어. 그 애가 친구들 다 잘 사귀고, 부모님하고도 다시 잘 지내고 있는데, 갑자기 이 기억이 들어간다고 생각해 봐. 다시 다 무너지고 말 거야."

"그래서 어떡할 건데. 우리 능력으로 앞으로 더 강해질 것까지 생각하더라도 오 년 이상은 못 버텨. 언제 돌려줄 건데?"

서리의 물음에 다시 말문이 막혔다. 여태까지 돌려주지 못한 기억은 총 세 개. 하나는 이미 돌려주어야 하는 기간을 삼 개월

이나 초과했다. 마른침을 삼켰다. 선생님이 알게 된다면 어마어마한 처벌을 받고 말 것이다. 안 그래도 요즘 아래 학년인 동생들이 사고를 잔뜩 쳐놓는 바람에 학교가 소란스러운데.

"기억 돌려주는 게 처벌받는 것보다 더 무섭냐?"

서리가 물었다. 다시 생각해 보았다. 처벌을 받고 기억을 돌려주지 않을 수 있다면 차라리 처벌을 받는 편이 낫다는 생각이 들었다. 기억을 돌려준 뒤 괴로워하는 사람들의 모습이나 이겨낼 수 있다지만 기억을 돌려받고 다시 망가져가는 사람들을 보기가 처벌을 받는 것보다 무서웠다. 고개를 끄덕이자 서리가 눈을 감은 채로 한숨을 쉬더니 말했다.

"정 그렇다면 일단은 보류. 하지만 한 달 안에 모든 기억을 돌려주지 않는다면 나도 별 방법이 없어. 아빠한테 말하는 수밖에. 알았지?"

서리의 말에 대답하지 않았다. 서리는 그대로 방을 나가 버렸다. 결국 고민 끝에 태양이를 찾아갔다. 말하는 솜씨나 위기 대처 능력은 이만한 친구가 없었다. 자초지종을 설명하자 역시 심각한 표정을 지었다.

"아무리 그래도 돌려줘야지. 아무리 싫어도 별수 없잖아."

뾰족한 수가 나올 거라곤 기대하지 않았지만 그래도 막상 이 친구에게까지 이런 이야기를 들으니 확실히 기운이 빠지는 느낌이었다. 결국 우민이에게는 말하지 말아 달라고 부탁하자 깔깔 웃으며 다시 말했다.

"음.. 웃으면 안 되는 심각한 문제이긴 하지만… 정 그렇다면 도와줄게. 내가 서리를 설득해 볼 테니까 너도 좀 이겨내는 연습 좀 해야겠다. 금방 괜찮아질 거야."

그렇게 말하며 태양이는 방을 나섰다. 금방 괜찮아 진다라…. 그 말은 무뎌진다는 말인가? 나는 무뎌지고 싶지 않다. 이런 아픈 일들을 당연히 여기며 지내고 싶지 않았다. 그렇기 때문에 우리가 이 일을 하고 있는 건데, 우리가 이런 일들을 당연히 여기면 되겠는가, 싶었다. 다행히 태양이가 말을 잘 해 주었는지 한 달 후 혹시나 서리가 선생님께 말씀 드릴까 봐 잔뜩 쫄아 있는 나에게 와 말 안 할 거니 쫄지 말라고 말했다. 덕분에 한시름 놓을 수 있었다.

하지만 이대로 잘 풀릴 거라고 생각한 것은 내 오산이었다. 삼 개월 안으로는 돌려줄 수 있을 줄 알았다. 하지만 시간이 흐를수록 더 많은 기억을 돌려주지 못하게 되었을 뿐, 변하는 건 없었다. 체력 소모가 훨씬 커져 수업시간에 꾸벅꾸벅 졸기 일쑤였다. 그때마다 서리가 나를 흔들어 깨우며 나만 아는 눈초리로 쏘아보았다. 그리고 혹시나 이 기억이 내 기억이 될까 봐 항상 기억들을 이리저리 굴렸다.

1등, 정태윤.
꿈인 줄 알았다. 내가 서리를 이겼다니! 이번 학기에 장학생은 나였다. 내가 서리를 앞질렀다는 소리다. 이번 기억 시험을 꽤나 잘 보았다고 생각은 했지만 이 정도일 줄이야! 잠깐 멍해져 있었을 때에 태양이가 와서 내 어깨에 손을 턱 얹었다.

"올~ 시험 잘 봤다더니. 난 여전히 3등인데."

태양이의 말에 내가 피식 웃었다. 그리고 물었다.

"야, 그런데 강서리한테 말을 어떻게 한 거냐? 말 안 해주겠데."

"야, 내가 원래 좀 쩔어 주잖아~ 음 뻥이고 그냥 우리가 조금만 너를 도와준다면 너도 곧 힘들어하지 않고 기억을 돌려줄 수 있을 거라고 했어."

태양이의 말에 고개를 끄덕이며 쓰게 웃었다. 정말일까, 내가 기억을 힘들어하지 않고 돌려줄 수 있을까. 태양이가 계속 말했다.

"야, 그런데 너만 그런 건 아니다 뭐. 나도 다른 애들한테 기억 돌려줄 때 걔네들이 울고불고하면서 나중에 학교도 못 나가는 애들 보면 진짜 너무 안타까워. 그런데 나는 너처럼 능력이 뛰어나지도 않으니까 내가 더 오래 가지고 있어 줄 수도 없잖아."

"뭐가, 3등이면 잘하는 거지."

입꼬리를 올리며 말했다. 태양이는 오늘 점심 메뉴가 맛있는 거라며 먼저 가버렸고 나는 잠시 동안 돌려주지 못한 기억들을 곱씹었다. 내가 버틴다면 얼마나 오래까지 이 기억들을 가지고 있을 수 있을까. 돌려주고 싶지 않다. 하지만 내 기억이 되어서도 안 된다. 급식실로 향하던 발걸음을 멈추고 그냥 방으로 돌아갔다. 기억들이 체력을 갉아먹어서인지 입맛도 없었다.

체육 수업이 다가왔다. 안 그래도 요즘 체력이 빨리 닳아 피곤한데 하필이면 낙하 수업이라니. 서리와 함께 옥상으로 뚜벅뚜벅 걸어 올라가는데 서리가 물었다.

"여태까지 가지고 있는 기억이 총 몇 갠데?"

잠시 우물거리다가 대답했다.

"다섯 개."

서리가 그 자리에 멈추어 섰다.

"언제쯤 돌려주려고 그렇게 있는 데로 모으고 있는 거야? 우리 이틀 후면 열네 살이야!"

마침 그때 태양이가 느긋하게 올라오다가 타이밍 좋게 우리 이야기를 들어 우리 대화에 끼어들었다.

"워워~ 진정하시고. 야, 정태윤. 서리 말이 틀린 건 아니니까 너도 이제 슬슬 좀 돌려주는 연습 좀 해라. 지금 너 기억 하나도 안 돌려주고 있는 거 다 아니까. 그리고 강서리님도 좀 진정하시고. 둘 대화에 낄 생각은 없지만. 태윤이는 내가 데리고 간다."

태양이가 내 팔을 끌고 계단을 올라갔다. 태양이의 걸음걸이가 워낙 빠르다 보니 일찍 옥상 위에 도착했다. 친구들 대여섯 명이 미리 옥상에 도착해 있었다. 태양이가 말했다.

"정태윤, 그런데 너 이제 진짜 기억 슬슬 돌려줘야 한다. 다섯 개를 그대로 다 가지고 있는 거 생각보다 많은 양인 거 알지? 열네 살 되면 또 새로운 기억 받는 법을 배울 텐데. 물론 더 추가되는 수업은 딱 열네 살까지지만 그래도 지금부터라도 연습해 놔야… 어? 야! 너 코피!"

태양이가 다급하게 말했다. 무슨 소린가 싶어 코 밑을 슥 문지르니 피가 새빨간 피가 묻어 나왔다. 옛날에 우민이에게 코를 들이받힌 후로는 한 번도 흘려보지 않은 코피였는데. 내가 요즘 피곤하긴 한가 보다. 태양이가 괜찮냐고 물었고 대충 괜찮다고 하고 체육 수업을 계속했다. 빠르게 움직이기 위해 옥상에서 뛰어내리고 다시 올라가는 등의 훈련이었다. 안전하게 뛰어내리고 지붕 위를 넘어 다니는 방법, 가로등 위에 올라가 있을 수 있는 방법 등등을 배우는 시간. 그새 태양이는 서리에게 말을 전했는지 숙소로 돌아와 잘 준비를 하는데 "코피 쏟았다며?"라며 서리가 따끔하게 물었다.

결국 더는 미루지 못하고 열네 살이 되자마자 조심스럽게 가장 오래된 기억을 돌려주어 보았다. 처음 사귀어 본 친구들 사이에서 행복하게 웃고 있는 그 친구를 불러내기가 힘들었다. 기억을 돌려주고 한동안 감정 없는 인형처럼 가만히 서 있다가 곧 눈가가 빨개지며 이내 울음을 터뜨리는 친구를 보고 다시 마음이 닫혀 버렸다. 돌려줄 수가 없었다. 숨을 쉬지 못할 정도로 우는 친구를 볼 수 없었다.

기억의 끝자락

"애들아 여기 봐!"

"그만둔다고?"
내가 깜짝 놀라 물었다. 진우가 일을 그만둔다는 충격적인 말을 들었다.

"왜 그만두는 거야?"

내 물음에 태양이가 어깨를 으쓱하며 말했다.

"몰라. 우리 일이 좀 힘들긴 하잖아. 워낙 울음이 많은 애다 보니까 일을 하기가 버거웠나 보지 뭐."

"그럼 걔가 가지고 있던 기억들은 다 어떻게 되는 거야?"

내가 묻자 옆에서 조용히 책을 읽던 서리가 말했다.

"일을 그만두면 그만두는 순간 기억들은 모두 원래의 주인을 찾아간다고 들었어. 기간을 다 채우지 않고 돌아가는 거지. 진우 같은 경우엔 가져온 기억을 하루 만에 돌려줘야 하는 사태가 일어나는 거야."

"뭐?"

내가 책상을 탕 치며 일어났다 덕분에 나에게로 다른 친구들의 시선이 집중됐다. 서리가 미간을 좁히며 말했다.

"공부하러 왔잖아. 공부나 해. 계속 그러면 나한테 1등 뺏긴다?"

그 말을 듣고 애써 시선을 책으로 돌렸지만, 책 내용은 머릿속으로 전혀 들어오지 않았다. 재빨리 태양이에게 속삭였다.

"야야, 박태양 들어봐, 만약 진우의 기억을 누군가가 다시 이중으로 가져가면 어때? 진우가 가지고 있는 다른 애들의 기억을 말이야. 그럼 기간을 다 채운 채로 돌려줄 수 있잖아."

태양이가 나를 빤히 쳐다보더니 한숨을 내쉬며 말했다.

"누가 그런 힘든 일을 하려 하겠냐? 자기 일하기도 벅찬데."

맞는 말이었다. 나는 기억을 돌려주지 않고 있긴 하지만 그 정도까지 많은 기억들을 자신의 일까지 해내면서 받기란 쉽지 않을 것이다. 생각하지 않기로 하고 애써 생각들을 열심히 묻었다. 하지만 계속해서 고작 하루밖에 쉬지 못했는데 다시 기억을 돌려받아야 하는 친구가 눈앞에 어른거렸다. 결국 벌떡 일어나 이진우를 찾아갔다.

"정태윤? 여긴 어쩐 일이야?"

울었는지 눈가가 빨개진 진우가 나를 쳐다보더니 물었다.

"사실이야? 그만둔다는 말."

내가 묻자 진우의 눈에서 슬픔이 배어났다. 진우에게 성큼 다가갔다.

"너, 어제도 누군가의 기억을 가져가 줬잖아. 네가 여기서 그만둔다면… 그 친구는 하루 만에 기억을 돌려받게 될 거야. 한 번만 다시 생각해 주면 안 될까?"

내가 말하자 진우의 눈에서 슬픔이 한 방울 떨어졌다. 예상치 못한 진우의 눈물에 나는 당황했다. 진우가 입을 열었다.

"난 못 해. 너 같은 1등은 모르잖아. 너는 한 명의 기억 가져가는 게 별로 힘들지 않을 수 있지만 나는 한 명의 기억만 가져가도 하루 종일 힘들어 죽겠다고. 물론 나도 내가 기억을 가져가 줘서 지난 일을 잊고 일상을 회복하는 친구들을 보면 기뻐. 나에게 기쁨을 주는 일이야. 너무 계속하고 싶은 일이야. 하지만 돌려받고도 대수롭지 않게 넘길 수 있는 기억들은 이제 몇 개 안 되잖아. 이겨낼 수 있더라도 약간의 시간이 필요한 기억들이 점점 더 많아져. 내가 한 단계 올라갈수록. 무엇보다도 돌려주는 게 너무 힘들어. 내가 만약 너라면, 나는 기간을 최대한 미룰 때까지 가지고 있겠지만 나는 너처럼 월등하지 못하니 그럴 수 없잖아!"

내가 실수했다. 지금은 버텨달라는 말이 아닌 수고했다는 말을 했었어야 한다. 사실 나도 버겁게 버티고 있는데. 열세 개의 기억을 돌려주지 않고 간신히 버티고 있다는 사실을 진우는 모른다. 다른 친구들이 볼 때에는 내가 이 많은 기억들을 별 대수롭지 않게 가져가고 돌려준다고 생각한다는 사실이 씁쓸하게 느껴졌다. 내가 서리를 그렇게 느낄 때에 서리도 지금의 나와 같은 감정을 느꼈을까. 지금 진우는 내가 기억을 가져가 주었던 다른 친구들만큼이나 힘들어 보였다. 진우가 흐느꼈다. 어떻게 해야 할지 몰라 손만 버둥거리다가 결국 고개를 푹 숙이고 말했다.

"미안해."

나보다 몇 센티미터는 더 큰 진우가 나를 쳐다보았다. 무슨 뜻이냐는 거겠지.

"내가 경솔했다. 이런 말이 아니라 수고했다는 말을 먼저 했어야 했는데."

내 말에 진우가 눈물을 쓱 닦았다. 큰 덩치가 무색하게 속이 여린 친구였다. 진우가 말했다.

"나는 정말 더 이상은 못 하겠어. 하지만 나 때문에 더 힘들어질 친구한테 너무 미안하다."

내가 말했다.

"도와줄까?"

진우가 '어떻게?' 라고 묻듯이 나를 쳐다보았다. 내가 진우의 눈을 똑바로 쳐다보며 말했다.

"네가 어제 기억을 가져가 준 애. 그 애 기억만… 내가 가져가줄게. 나를 똑바로 쳐다봐."

그리고 나는 천천히, 진우가 마지막으로 가지게 된 기억, 부모님이 없이 자라 자신을 친부모처럼 사랑해주던 선생님을 잃은 어떤 여자애의 기억을 가져가 주었다. 그리고 그날 밤 진우가 떠나며 말했다.

"너 덕분에 홀가분하다. 정말, 고마워."

내가 씨익 웃었다. 그리고 다시 도서관으로 향했다. 언제나처럼 서리와 태양이가 같은 자리에 앉아 공부를 하고 있었다. 가운데 저 빈 자리는 내 자리를 맡아 둔 거겠지. 누구라도 2등과 3등 사이에서 공부하기는 부담스러울 테니까. 둘 사이 빈자리로 들어가 핸드폰을 꺼냈다.

"야야, 애들아 여기 봐."

"응? 너 뭐 해?"

서리가 힐긋 보며 물었다.

"사진이나 찍자고. 자 찍는다, 하나, 둘, 셋!"

찰칵.

조용한 도서관에서 카메라 소리가 울렸다. 서리가 핸드폰을 잡아 내리며 조용히 외쳤다.

"야, 도서관에서…!"

그리고 옆에서 태양이가 태평하게 웃으며 대꾸했다.

"뭐 어때. 사람도 없는데. 게다가 너 찍을 때 웃는 거 다 봤거든?"

"야! 조용히 안 해?"

서리가 태양이의 등을 철썩 소리가 나게 때렸다. 친구 한 명이 떠나자 곁의 친구가 너무나도 소중히 느껴졌다. 처음으로 셋이 같이 찍은 사진.

"…잘 나왔네."

내가 중얼거렸다.

한 달쯤 더 지났을까, 태양이는 다른 친구의 기억을 가져가줘야 한다며 잠시 어떤 학교로 전학을 준비했다. 한 달 정도만 있다가 올 거라고 했다. 잘하겠지 뭐. 박태양은 가끔 생각 없이 행동하는 면이 있어서 그렇지 정말 좋은 놈이니까. 태양이가 선생님께 특별히 부탁한 일이었다. 구이준이라는 친구가 기억 명단에 올라와 있는데 그 친구를 관찰하다 보니 자신이 그 학교로 전학을 가 그 친구에게 좋은 친구가 되어 준다면 기억을 가져가지 않고도 이겨낼 수 있을 것 같다고 말씀드렸고 역시 말 하나만큼은 잘하는 태양이는 선생님께 승인을 받아냈다. 선생님도 다른 친구들이라면 반대하셨겠지만 박태양을 정말 잘 아시니 허락하신 거다. 그리고 한 달이면 충분하다는 태양이의 말과는 다르게 태양이는 몇 개월 동안 돌아오지 않았고 기억을 가져가줄 수 있는 권한을 박탈당한 뒤 퇴학을 당했다. 그리고 얼마 뒤,

태양이가 죽었다.

태양이가 더 이상 기억을 가져가 주는 일을 하지 못하게 되었

까만 눈동자

다는 사실은 알고 있었다. 그 자리에 내가 함께 있었으니까. 그리고 태양이의 실수로 인해 내가 이찬희라는 친구의 기억까지 가져가 줘야 한다는 것까지도. 그 일이 있은 후 태양이는 다른 일반 학교로 전학을 가게 되었고 서리가 기억을 가져가 줘야 하는 안채연이라는 여자애 옆에 붙어서 기억을 가져가지 않고도 스스로 이겨낼 수 있도록 도와줘 보겠다는 태양이의 말에 서리가 승낙했다. 사실 일을 박탈당한 사람은 더 이상 이 일에 관여할 수 없었다. 대부분은 스스로의 기억을 다른 선생님께 맡기는 편을 택했지만 태양이는 예외였다. 그리고 서리 또한 태양이의 말을 승낙했다는 것은 학교의 규칙을 어기는 것이었다.

"어쩌려고 그래? 물론 태양이가 누구보다 잘 해줄 거라는 건 나도 알아. 하지만 그랬다가 너까지 퇴학당하면 어떻게 하려고?"

서리의 말을 듣고 내가 말리려 물었다. 하지만 내 물음에 서리가 눈을 가느다랗게 뜨며 되물었다.

"지금 가장 큰 규칙 위반을 하고 있는 게 누군데 그래?"

덕분에 할 말이 없어졌다. 태양이도 내 말을 듣고 걱정 말라고 조심하겠다며 씩 웃었다. 이런 상황에서도 웃는 태양이가 대단하게 느껴졌다. 그리고 태양이가 채연이 곁에서 좋은 친구가 되어 준 결과 정말로 채연이라는 친구의 기억을 가져가지 않고도 이겨낼 수 있는 상태가 되었다.

"지금 그 안채연이라는 애에게 핸드폰을 빌려줬단 말이야? 기억을 가져가기 전까지는 그 친구에 대해서 조사는 해야 하지만 직접적으로는 나타나선 안 된다는 걸 너도 알잖아! 어쩌자고 그런 거야?"

얼마 뒤 태양이와 채연이를 보고 오겠다며 학교를 나선 서리에게서 채연이에게 핸드폰을 빌려주었다는 이야기를 들은 내가 펄쩍 뛰었다. 하지만 서리의 상태는 얼이 나간 상태였다. 서리가 서리답지 않게 웅얼거리듯이 말했다.

"…태양이가 차에 치였어. 어쩔 수 없었어. 너라면 태양이가 눈앞에서 죽어 가는데, 너라면 가만히 있을 수 있겠어?"

"…그게, 그게 무슨 소리야? 태양이가 차에 치이다니? 좀 더 자세히 말해봐!"

충격적인 말에 언성을 높이며 되물었다. 서리의 말에 의하면, 채연이를 뒤쫓다가 태양이가 채연이를 따라 무단횡단을 하게 되었고, 차가 와서 태양이를 들이받았다. 그 차는 그 상태로 도망갔고 길거리엔 아무도 없어 결국 서리가 달려가 채연이에게 핸드폰을 빌려주게 되었다. 태양이와 함께 있고 싶었지만 구급대원이와 구급차에 탈 수 없었으므로 그대로 돌아온 것이다. 내가 자리에서 벌떡 일어났다.

"지금 박태양 어디에 있어?"

선생님들께 그 사실을 알리고 태양이가 있는 병원으로 달려갔지만, 며칠 동안 혼수상태로 있던 태양이는 끝내 세상을 떠나고 말았다. 우민이는 일을 하며 더 이상 웃지 못했고 서리는 채연이에게 핸드폰을 빌려주었다는 이유로 며칠 동안 일을 정지 당하는 징계를 받았다. 서둘러야 했다. 갑작스러운 태양이의 죽음으로 인해 채연이가 얼마나 망가질지 몰랐다. 서리가 사정했지만 결국 징계를 피할 수는 없었다. 모든 것이 다 엉망인 상태로 나는 곧 이찬희라는 애의 기억을 가져가 주어야 했다. 사랑받은 기억이 없는 아이. 사랑이 아닐지라도 그저 조금의 관심만을 바라 문제를 일으키고 다니던 아이. 머릿속이 비 온 뒤 뒤집어진 땅처럼 어지럽혀졌다. 그리고 태양이가 죽은 날, 나는 또 하나의 기억을 가져가주어야 했다. 그리고, 버틸 수 없었다. 온 정신이 경고하고 있었다. 일을 계속하기 위해서는, 기억을 돌려주어야 한다. 이미 내 자체의 기억 또한 위태로운 상태였다.

태양이가 죽었다는 사실에서 서리는 아직도 얼이 나가 있었다. 평소 같아 보이는 모습이었지만 다가가 말을 걸면 한 번도 보지 못한 얼빠진 표정으로 "어?" 하며 되묻곤 했다. 그와 함께 며칠 동안이나 일을 금지당했으므로 채연이의 상태를 살필 수 없는 것도 큰 문제였다. 내가 돌아가 살펴보았지만 상황은 심각했다. 채연이의 상황을 알릴 때, 비로써 서리가 울음을 터뜨렸다. 그리고 중얼거렸다.
"누가 내 기억을 가져가 줬으면 좋겠어."
나도 소리 없이 입술을 깨물었다. 뜨거운 눈물 한 줄기가 볼을 타고 흘러내렸다. 그 누구보다 서리에게 미안했다. 나도, 이 일을 그만두고 싶다.
그날 저녁 선생님께 이 일은 그만두겠다는 편지를 썼다. 하고 싶은 말들이 너무 많았지만 썼다 도로 지우고, 썼다 다시 구겨

버렸다. 그리고 결국 편지 속에 기억을 돌려주지 못하고 있었다는 사실을 털어놓았다. 왜인지 마음이 더 무거워졌다. 나는 편지를 보내지는 않고 서랍장 안에 넣어 두었다. 서리는 이미 잠든지 오래였고 나도 주섬주섬 이불 속으로 들어갔지만 오래도록 잠들지 못했다. 다음날, 아마 마지막으로 기억을 가져가 주게 될 찬희라는 친구에게 갔다. 태양이가 죽었다는 사실 또한 찬희는 모를 터였다. 조심스럽게 위로의 말을 건네며 찬희의 어깨를 잡았을 때, 그 애는 고통스러운 듯이 온몸을 떨었다. 마음속으로 눈물이 쉴새 없이 흘러내렸다. 기억을 다 받았을 때, 찬희라는 눈앞의 친구가 스르르, 모래성처럼 무너져 내렸다. 마음속 쌓아 두었던 묵은 감정의 댐도 함께 무너졌기를 바랐다. 하늘 위로 툭, 투둑. 빗방울이 떨어졌다. 아무 말 없이 찬희를 등에 업고 계획했던 하숙집으로 가로등을 밟으며 뛰어가는데 얼굴 위로 빗물보다 따뜻한 물방울 하나가 미끄러졌다.

비는 다음날까지 계속되었다. 선생님의 책상 위에 어젯밤 썼던 편지를 올려두고 학교 옥상으로 올라갔다. 가슴 한구석이 상쾌하다 못해 뻥 뚫린 기분이었다. 걸치고 있던 후드집업 주머니에서 핸드폰을 꺼내 서리에게 문자를 보냈다.

'나 지금 학교 옥상이야, 좀 와 줘.'

숫자 1이 단숨에 사라졌다. 문자를 본 건가. 손에 들려 있는 투명우산을 더 세게 움켜쥐었다. 투명우산에 부딪혀 흘러내리는 빗물이 보석 같았다. 아니, 어쩌면 보석을 빗방울 같다고 표현하는 게 더 적절한 표현이 아닐까.

얼마나 시간이 흘렀을까,

쾅!

옥상의 철문이 열렸다. 이미 젖어 있는 난간에 걸터앉아 있던 내가 고개를 돌렸다. 그리고 눈앞에 서 있는 엉망인 서리의 모습에 놀라 단숨에 달려가지 않을 수 없었다. 신발 한 짝은 벗겨져 흰 양말이 흙탕물에 온통 젖어 있었고 반대쪽 신발도 같은 상황이었다. 흠뻑 젖어버린 바람막이의 한쪽은 어깨 부근까지 흘러 내려와 있었다.

"너 꼴이 왜 이래? 괜찮아?"

얼른 팔을 뻗어 서리에게 투명우산을 기울였다. 하지만 서리는 투명우산을 팍 내치며 소리쳤다.

"야! 이 멍청아! 갈 거면 진작 말을 했었어야지! 왜 이래 다들?"

서리의 얼굴에 눈물이 계속해서 흘렀다. 서리가 내친 투명우산이 바닥에 나뒹굴었다. 내 옷도 축축하게 젖어 들어갔다.

"한 명은 말도 안 하고 갑자기 훌쩍 이 세상을 떠났고! 이제 막 채연이의 기억을 받고 왔는데! 드디어 징계가 풀렸는데 너까지 이러기야? 정말 다들 나한테 왜 이러는 건데?"

"어떻게 알았어? 난 아직 너에게 말을 안 했는데."

내가 물었다. 서리가 버럭 소리쳤다.

"그게 중요해? 그래, 갑자기 비가 와서 아빠한테 우산 빌리러 갔다가 책상 위에 있던 편지 봤다 왜! 진짜…."

서리가 팔로 눈가를 쓱 닦았다. 나는 팔을 어디에 두어야 할지 몰라 허우적거리다가 조심스럽게 서리를 안아 토닥였다.

"나한테 오느라 이 꼴이 된 거야?"

내가 물었다. 빗물보다 서리의 눈물이 내 옷을 더 적셨다. 곧 서리가 나를 밀어내며 말했다.

"가."

내가 기운 없이 웃으며 물었다.

"잘 가가 아니고?"

"가. 잘 가지 말고 그냥 가. 잘 가게 된다면 넌 안 돌아올 거 잖아."

솔직히 말하면, 이 일을 계속하고 싶었다. 만약에 내가 기억을 다 돌려줄 수 있게 된다면, 조금의 망설임도 없이 돌아올 것이다. 뜸을 들이다가 입을 열었다.

"돌아올게."

"거짓말."

"진짜야."

"거짓말. 나가는 이상, 끝이라고. 나간 애들 중에 돌아오는 친구를 본 적이 없어!"

내가 쓰게 웃으며 말했다.

"나처럼 간 친구도 없었잖아."

내 말에 계속해서 흐느끼던 서리가 고개를 들며 말했다.

"그렇다면 이제 가. 가서 이젠 잊어."

내가 다시 입을 열었다.

"마지막으로 부탁이 있어. 되게 이기적인 부탁인데, 들어줄 수 있을까?"

서리가 나에게 한 걸음 다가왔다. 언제나 반짝이던 밤색 눈동자가 눈물로 인해 탁해 보였다. 서리가 말했다.

"알아, 나도. 뭔지 나도 안다고. 네가 저번에 말 했잖아."

역시 이미 알고 있었구나. 내 생각보다 훨씬 대단한 애였다. 어쩌면 1등은 내가 아닌 계속해서 서리가 해야 했던 걸지도 모른다.

"부탁할게."

내 말에 서리가 나에게 한 걸음 더 다가왔다. 나도 고개를 살짝 숙였다. 서리의 눈에서 눈물이 다시 한 방울 더 떨어졌다.

"너는, 정말로 이 일이 어울려."

"나도 알아. 정말로 돌아올게."

서리의 입에서 가느다란 목소리가 흘러나왔다.

"힘들었지? 수고했어.

네가 가지고 있던, 다른 친구들의 기억을 가져가 줄게…."

서리의 밤색 눈동자가 거칠게 흔들렸다.

"고마워."

내가 말했다.

그리고, 머릿속이 편안해졌다. 서리가 눈가를 스윽 닦았다. 그리곤 물었다.

"이제 어쩔 거야? 남은 네 진짜 기억은?"

내가 고개를 저었다. 그리고 후드집업에서 작은 거울을 꺼냈다. 서리가 아, 하고 짧게 외쳤다. 나는 손거울을 들어 올려 거울 속 내 눈동자를 바라보았다.

"내 눈동자 속에, 내 기억을 넣을 거야. 강서리, 정말 고마워."

거울 속 내 눈동자를 들여다보려 할 때 서리가 말했다.

"그냥 그 기억은 네가 가지고 있으면 안 돼? 아무 기억이 없다면 돌아오지 못하잖아."

목소리가 울음에 갈라져 나왔다. 내가 웃으며 말했다.

"꼭 돌아올게. 걱정하지 마."

다시 거울로 눈길을 돌렸다. 신비하리만치 새카만 눈동자가 거세게 몰아치는 비바람 속에서 빛났다. 나의 기억들이, 내 눈동자 속으로 서서히 빨려 들어갔다. 점점 더. 이윽고 기억을 거의 다 받아 갈 때 서리가 중얼거렸다.

"잘 가…."

그 말을 끝으로, 몸이 땅을 향해 기울어졌다.

은빛 먹구름이 찬란한 빛을 가득 껴안은 태양에게 길을 열어 주기 직전, 투명 우산은 바닥을 나뒹굴었고 비바람에 철문이 거세게 삐걱거렸다. 차가운 옥상 바닥에 나의 머리가 닿았다. 나의 기억은, 그렇게 끝이 났다.

[다시 현재]

"허억..!"

마지막 기억을 끝으로 나는 내 기억에서 벗어났다. 너무 많은 기억. 구역질이 올라와 재빨리 손으로 입을 틀어막았다. 내가… 내가 무슨 기억을 누구에게 맡겼다고? 맞다. 강서리. 그리고 박태양, 김우민. 선생님과 루나 선생님. 다 기억났다. 이게 나구나.

생각을 마치는 순간 눈앞이 새하얘 졌다가 이내 새카매졌다. 몸이 기울며 화장실 벽면에 머리를 박았고 누군가가 달려오는 소리가 들렸다. 채연이 목소리와 찬희 목소리, 루나 아주머, 아니 루나 선생님의 목소리가 흐려지는 의식 사이로 내 귓속에 들어왔다. 스르륵, 눈이 감겼다.

머리가 지끈거렸다. 익숙한 두통을 느끼며 힘들게 눈꺼풀을 들어 올렸고 낯선 천장이 눈에 들어왔다. 몸을 움직이려고 팔을 드는데 주삿바늘이 내 손목에 찔러져 있었다. 때마침 낯선 건물의 하얀 문이 열리고 채연이가 들어왔다. 채연이는 나를 보고는 단숨에 침대 옆으로 달려왔다.

"정태윤? 정신이 들어? 나 보여?"

"…여기가 어디야?"

내가 눈을 비비며 물었다.

"병원."

"병원? 내가 왜 병원에 있어?"

"기억 안 나? 너 어제 여덟 시? 아니다 아홉 시 다 돼서 화장실에서 쓰러졌잖아! 화장실에서 뭐가 무너지는 소리가 나서 달려가 봤더니 너가 화장실 바닥에 쓰러져 있어서 얼마나 놀랐는지 알아? 그때 너도 약간 정신이 있었던 것 같아 보이기는 했는데 금방 다시 기절하더만."

채연이가 팔짱을 끼었다. 그리고 내 머릿속에 어제의 일이 다시금 떠올랐다. 내 진짜 기억. 자리에서 벌떡 일어났다.

"어? 야, 왜 그래?"

채연이가 내 어깨를 눌렀다. 내가 채연이를 보며 다급하게 물었다.

"내가 어제 화장실에서 입고 있던 그 후드집업 어디에 있어? 그 안에 핸드폰 들어 있지 않았어?"

채연이가 내 모습에 당황해하며 대답했다.

"어… 그야 잘 개서 여기 서랍장에 넣어 놨지. 갑자기 왜 그래?"

나는 대답하지 않고 바로 옆자리 서랍장을 열었다. 회색 후드 집업이 보였고 꺼내 주머니에 손을 넣었다. 핸드폰이 만져졌다.

"어? 그거 서리한테 받았다는 거 아냐?"

"어."

채연이가 물었고 내가 짧게 대답했다. 강서리에게 전화를 걸어야 한다. 핸드폰 바탕화면을 밀어 패턴을 그렸고 핸드폰 잠금이 풀렸다. 채연이는 내 모습을 어벙한 표정으로 바라보았다. 핸드폰에 신호음이 흘렀다.

뚜루루루 -

뚜루루루 -

신호음이 다섯 번 정도 울렸을 때 전보다 훨씬 익숙해진 목소리가 들렸다.

– …여보세요.

목소리가 가느다랗게 떨렸다. 그리고 그때 병실 문이 열리며 찬희 또한 들어왔다.

– 여보세요. 강서리? 지금 어디에 있어?

내가 핸드폰을 꾹 쥐며 물었다. 막 들어온 찬희 또한 흥분한 내 모습을 이상하게 바라보았다.

– 설마…. 그걸 다 받은 거야?

떨리는 목소리가 물었다.

– 어. 다 받았어. 그래서 지금 어디야?

– 옥상으로 갈게. 거기서 만나. 우리가 마지막으로 만났던 곳.

알았다고 말하려 했지만 그 전에 전화가 끊겼다. 핸드폰을 병원 침대 위에 탁 내려놓고 바로 후드집업을 입는데 찬희가 물었다.

"누구야? 이거 네 핸드폰 아니잖아."

"강서리. 애들아, 나 퇴원한다고 의사 선생님께 전해 줘. 나 먼저 갈게 이따가 봐."

내가 대답하고 환자복을 입은 채 위에 후드집업을 걸치고 병실을 뛰쳐나갔다.

"뭐? 야! 너 어디 가!"

뒤통수에 채연이의 날카로운 목소리가 꽂혔지만 무시할 수 있었다. 지금은 더 급한 일이 있으니까. 어서 가야 한다.

하필이면 있는 신발이 어제 화장실에서 신던 화장실 슬리퍼다. 길을 달려가는 데 사람들이 나를 이상하게 쳐다보는 시선이 느껴졌다. 환자복 바지에 화장실 슬리퍼라니. 내가 생각해도 웃겼다. 처음 와 보는 병원이었지만 마지막으로 서리와 만났던 학교 옥상까지 가는 길에 대해서는 잘 알고 있다. 옛날 기억을 가져가 주는 일을 할 때에는 길에 대해 속속히 알아야 하는 것은 기본이었으니까. 서리가 말한 옥상은 마지막으로 서리가 내 기억을 가져가주었던 그 곳일 거다. 슬리퍼가 자꾸만 뒤집어져 불편했지만 멈추지는 않았다. 가로등과 가로등을 뛰어넘어 몇 분을 달렸고 곧 나를 키워 주었던 학교가 내 눈앞에 나타났다. 잠시 학교를 올려다보는데 웃음이 났다. 기억을 돌려받은 지 얼마나 지났다고. 나는 학교가 그리웠나 보다. 훨씬 가벼워진 몸으로 가볍게 뛰어올라 옥상 위로 올라갔다.

덜컹.

깨끗한 옥상의 문이 활짝 열렸다. 서리와 우민이가 뒤를 돌아보았고 서리의 얼굴에는 걱정과 기쁨이 어지럽게 얽혀 있었다.

"안녕. 오랜만이다."

내가 웃으며 말했다.

"정태윤, 너 정말 괜찮아? 설마 그 기억을 한 번에 다 받은 거야? 그나저나 너 옷이…."

우민이가 내 옷을 위아래로 훑었다. 내가 웃음을 터트렸다.

"그래, 다 받았다. 한 번에. 내가 괜히 1등을 한 게 아니라 니까."

그렇게 말하며 고개를 돌려 서리를 바라보았다. 서리가 숨을 들이켰다. 내가 한 걸음 더 다가가 서리의 앞에 섰다.

"고마워. 내가 돌려주어야 하는 기억들을 가져가 줘서."

서리가 희미하게 웃었다. 내색하지 않으려 노력하고 있었지만 걱정 뒤에는 커다란 기쁨을 느끼고 있다는 사실을 알아챘다.

"괜찮아?"

서리가 물었다.

"당연하지."

내가 대답했다. 바람이 불어와 옥상 위에 있는 우리 셋의 머리카락을 헝클어트렸다. 서리가 양손을 입가로 가져가며 웃었다. 내가 보아왔던 서리의 모습 중 가장 환하게 웃었다. 그리고 눈가에는 눈물이 고여 있었다. 서리가 양팔을 벌려 우민이와 나를 끌어안으며 기쁘게 외쳤다.

"잘 왔어, 정태윤!"

우민이가 푸핫, 웃음을 터뜨렸다.

"나 강서리가 이러는 거 처음 봤어."

나도 따라 웃었다. 그리고 서리의 어깨를 잡으며 말했다.

"내가 돌려주어야 하는 기억들. 이제 다시 내가 가져갈게. 이 제는 내가 돌려줄게."

서리가 기쁘게 고개를 끄덕였다. 서리의 밤색 눈동자가 밤하늘의 별만큼이나 반짝거렸다. 내가 그 눈을 빤히 쳐다보았다. 그리고, 내가 돌려주어야 하는 다른 이들의 기억을 하나, 하나 빨아들였다. 옆에서 우민이가 미소를 머금고 바라보았다. 이윽고 마지막 기억까지 모두 받자 하아, 서리가 숨을 내뱉었다. 내가 웃었다. 비록 내가 돌려주어야 하는 기억들이 머릿속에 들어찼지만, 이제 나는 건강하다. 그때 엄청난 소리가 나며 옥상의 철문이 열렸다.

"어? 너희가 여긴 어떻게…?"

우민이가 눈을 휘둥그렇게 뜨며 문을 연 채연이와 찬희를 바라보았다. 나 또한 적잖이 놀랐다.

"정태윤 너 뭐야?"

채연이가 옥상 안으로 성큼성큼 걸어 들어오며 물었다. 하지만 곧 내가 안도의 한숨을 내쉬며 크게 웃음을 터트렸다. 채연이는 왜 웃냐는 듯 인상을 썼지만 옥상 문이 열릴 때 무서웠는지 채연이와 찬희가 손을 꾹 잡고 있는 것을 봐버렸기 때문이다. 곧 웃음을 멈춘 내가 물었다.

"그런데 진짜 너희 어떻게 왔어?"

뒤에서 찬희가 대답했다.

"루나 아주머니한테 네가 어디로 달려갔다고 말씀드렸더니 잠시 생각하시다가 갑자기 여기에 있을 거라고 데리고 오셨어. 그런데 여긴 무슨 학교야? 기숙사 같은데…."

아, 루나 선생님도 참 나를 잘 아신다. 이제 채연이와 찬희에게도 모두 설명해 주어야겠지. 서리가 채연이의 손을 잡으며 물었다.

까만 눈동자

"우리 내려가서 음료수나 마시면서 이야기할래?"

잔뜩 얼굴을 찌푸렸던 채연이가 고개를 끄덕였다. 우민이도 다가가 찬희의 어깨에 팔을 얹었다.

"우리도 내려가자. 할 이야기가 많다, 야."

찬희도 당황하더니 곧 고개를 끄덕였고 다 같이 옥상을 내려갔다. 내가 맨 마지막에 내려오며 문을 닫는데 무언가가 문에 턱 걸렸다. 내려다보니 무척이나 낯익은 투명우산이 문고리에 껴 있었다. 다시 웃음이 났다. 이걸 아직도 치우지 않고 있다니.

이제 나도 내려가야겠다. 할 이야기가 엄청나게 많을 테니까.

마지막 퍼즐

"그럼…. 이제 된 건가?"

채연이와 찬희는 멍한 표정을 지우지 못했다. 채연이가 더듬거리며 물었다.

"그… 그러니까 정태윤이 이찬희 기억을 가져갔고 태양이가…."

고개를 끄덕이는 서리를 보고 채연이가 손으로 얼굴을 감싸며 허리를 굽혔다.

"으아아… 무슨 상황이 이렇게 되는 거야."

채연이의 말에 우민이가 웃었다. 찬희는 여태까지의 말을 천천히 곱씹었다. 그리고 곧 이해했는지 고개를 끄덕였다. 내가 손으로 턱을 괴며 우민이에게 장난스럽게 물었다.

"그래서~ 막말한 거 사과해서 어땠어, 김우민? 설마 열 살 때 일을 사과했을 줄이야."

내 말에 우민이의 얼굴이 달아오르더니 황급히 내 입을 막아 버렸다. 서리가 무슨 뜻이냐는 표정으로 우민이를 올려다보았다.

내가 키득거리며 서리에게도 물었다.

"아 나 근데 너한테도 물을 거 있어. 보통은 기억 가져간 후에 살만한 곳에 데려다주잖아. 근데 나는 이 학교 옥상에서 눈을 떴거든? 그거 왜 그런 거야?"

내 질문에 서리가 흠칫했다. 그리고 내 시선을 피하며 우물쭈물 대답했다.

"…아니 기억 못 돌려주겠다고 징징거리다가 다 때려치우고 떠난다는데 또 기억이 원래 주인에게 비정상적으로 찾아가는 건 싫다고 나한테 짐 다 떠맡기는 애가 뭐가 예쁘다고 하숙집까지 데려다줘?"

"그래도 너 내가 여기가 어디냐 하면서 멍하니 있을 때 다시 와서 나 기절시키고 하숙집에 데리고 갔잖아. 기억 없을 땐 누군가 했는데 다시 생각해보니까 딱 너더라. 게다가 하숙집 아주머니도 루나 선생님이고. 진짜 깜짝 놀랐어."

서리의 얼굴이 달아올랐다. 채연이의 눈동자에는 물음표가 잔뜩 그려졌고 말이다.

"아, 하숙집 아주머니가 이 학교에서 가끔씩 수업하시는 루나 선생님이셔. 게다가 강서리 엄마다?"

까만 눈동자

내 말에 채연이의 눈이 다시 한번 휘둥그레졌고 찬희는 입을 떡 벌렸다.

"그러니까 여태까지 우리가 하숙집에서 지낸 거며 정태윤하고 우리를 한 하숙집에 묶은 거며, 다 강서리가 짠 판이었다는 거야?"

채연이가 자리에서 벌떡 일어서며 물었다. 아무래도 서리가 전 보다는 많이 편해졌나 보다. 서리가 다시 차분해진 목소리로 대답했다.

"아니, 너희들을 한 하숙집에 묶은 건 아빠, 아니 선생님의 권유였어. 게다가 이건 내가 맡은 일도 아니고. 너희 둘 다 태양이와 깊은 연관이 있으니까 언젠가는 풀어야 할 숙제라고 생각하셨고 그 사이에 결국 너희 둘이 틀어질 것을 대비해서 기억이 없는 정태윤을 넣은 거야. 그리고 하숙집 아주머니로 엄마가 가게 된 거고. 아, 루나 선생님 말야. 아무리 그래도 학교에서 평생을 살아 온 정태윤을 우리 엄마 아빠는 거의 친아들로 생각하니까 말이야."

채연이가 다시 스르르 의자에 주저앉았다. 다리의 힘이 풀린 모양이다. 찬희가 눈치를 보다가 조심히 물었다.

"저기, 나도 하나 궁금한 게 있는데 태윤이가 기억을 가지고 있을 수도 있었는데 자신의 기억을 자기 눈동자에 넣었다는 것 까지는 괜찮다고 생각하는데 태윤이가 가지고 있던 다른 친구들의 기억을 서리 네가 다시 가져가는 건 괜찮은 거야? 보니까 징계 어쩌고 하는 것들이 다 심하던데…."

찬희의 물음에 가슴이 뜨끔했다. 이찬희 이 녀석, 쓸데없는 것에 예리하다. 하지만 찬희 성격상 정말로 걱정되는 마음에 물었을 것이 분명하다. 찬희의 질문에 우민이가 책상을 팡 치며 웃었다.

"푸하핫! 야, 너 진짜 예리하다. 뭐, 정태윤, 강서리, 박태양. 1등, 2등, 3등끼리 나란히 말 한번 더럽게 안 듣잖아. 단체로 짜고 규칙을 어기는 데 또 머리를 써서 어기니까 아무도 몰라. 특히 박태양이 제일 그랬지 뭐."

웃으며 시작했지만 우민이가 씁쓸하게 말끝을 흐렸다. 이제 박태양의 존재를 아는 내 마음속으로 가을의 끝자락에 스며드는 겨울바람이 스쳐 지나갔다. 분위기가 가라앉으려는 찰나, 서리의 핸드폰이 울렸다.

"아빠네. 새 명단 받아야 하니까 지금 오래."

그러며 서리가 나를 힐긋 보았다.

"같이 갈 거지?"

순간 '내가 왜?' 라는 표정을 짓고 말았다. 그리고 예리한 강서리는 단숨에 그걸 눈치챘고.

"너 다시 일 시작할 거잖아. 이제 선생님도 만나야지."

"아 맞다."

그리고 내 머릿속에 든 생각은 선생님을 어떻게 만나지, 였다. 어떻게 돌아왔는지에 대해 이야기하려면 어긴 규칙에 대해 털어놓아야 할 터였다. 기억을 돌려주지 못했다는 사실을 이미 편지에 적어 아실 거다. 하지만 그 기억들을 전부 서리한테 맡겼다는 것까지 털어놓는다면….

까만 눈동자

"뭐 해? 안 일어나고. 우민아 채연이랑 찬희 좀 데려다줘. 나 선생님 만나고 올 테니까."

우민이가 고개를 끄덕이며 나에게 한쪽 눈을 찡긋해 보였다. 저거 지금 나 놀리는 거 맞지? 우민이가 키득거리며 채연이와 찬희를 데리고 창밖으로 뛰어내렸다. 절대로 적응이 되지 않을 것 같았던 상황이 이미 너무나 자주 보고 너무나 자주 했던 행동으로 바뀌어 있었다.

어차피 언젠가는 해야 할 일이었다. 선생님께서 반 앞에서 크게 숨을 들이쉬었다. 내가 열다섯 살 때에는 2반을 맡으셨는데 지금은 1반을 맡으셨구나. 내 앞에서는 대수롭지 않게 행동했던 서리 또한 조금은 긴장한 듯 보였다. 삼 년 만에 돌아온 친아들처럼 대하던 제자. 선생님이 떠오르자 선생님을 다시 만나고 싶다는 마음이 들었다. 서리가 교실 문을 드르륵 밀어 열었다.

선생님은 서리가 들어온 것을 보고 컴퓨터에서 시선을 돌리셨고 곧 온몸이 얼어붙으셨다. 문 앞에 손을 모으고 서 있다가 선생님의 그런 모습을 보고 웃어버리고 말았다.

"태윤이…?"

선생님이 중얼거렸다. 서리가 눈을 예쁘게 휘어 접으며 말했다.

"맞아 아빠. 진짜로 돌아왔어."

선생님께서 자리에서 일어나셔서 내 쪽으로 뚜벅뚜벅 걸어오셨다. 고개 숙여 인사를 하려 했지만 선생님께서 먼저 나를 끌어안으셨다. 숨이 막힐 정도로.

"큭! 선생님 저 죽어요! 너무 세게 안으셨는데."

이미 내 키는 선생님보다 컸기 때문에 빠져나오고 싶다면 그래도 충분히 빠져나올 수 있었다. 하지만 삼 년 만에 만난 선생님이었기에 밀어내지 않았다. 보고 싶었던 선생님. 겨우 선생님을 진정시키고 교실 의자를 끌어다가 둥글게 앉았다. 서리가 눈짓했고 숨을 들이킨 내가 자초지종을 설명하였다. 그동안 선생님의 얼굴에는 많은 감정이 지나갔다. 놀라움, 안타까움, 슬픔, 분노…. 하지만 결국 마지막에 가장 강하게 떠오른 감정은 기쁨이었다. 선생님께선 내 머리에 꿀밤을 한 대 먹이셨다. 큰 처벌을 생각하고 있던 내가 머리를 문질렀다. 서리가 긴장하며 물었다.

"아빠, 그래서 징계는 어떻게…."

하지만 잔뜩 긴장한 서리와는 다르게 선생님은 아무것도 모른다는 듯이 밝게 물었다.

"징계? 무슨 징계?"

서리에게 엥? 하는 표정이 떠올랐다. 그 모습에 선생님께서 호탕하게 웃으시며 말씀하셨다.

"하핫! 장난이야. 징계 그딴 거 없으면 어떠냐. 너도 좋지 않아?"

"잉? 그게 무슨 소리세요? 징계가 없어도 돼요?"

내 물음에 선생님께서 내 어깨를 팡팡 치셨다.

"안 되지. 하지만 가장 중요한 건 네가 돌아왔다는 거고!"

선생님께서 왼쪽 눈을 찡긋하셨고 그제야 내가 이해했다. 이 선생님이… 뭐 그래. 이런 선생님께 배웠으니 나와 내 친구들이

다 그렇게 규칙을 어기는 거지. 나도 선생님을 따라 씩 웃었다.

처벌은 없다.

서리가 다시 기쁨의 탄성을 질렀다.

"아, 맞다. 저번에 제가 교통사고 나서 병원에 실려 왔을 때 보호자라고 달려와 주셔서 감사했어요."

내가 말했다. 선생님께서 내 말을 듣고 장난꾸러기 소년처럼 웃으시며 말씀하셨다.

"푸핫, 그러게. 이름부터가 차가운 딸내미가 웬일로 전화를 다 해서 얼마나 놀란 지 아냐? 근데 또 기억은 없으면서 내 말을 잘 들더라. 그 모습 보는 게 좀 웃겼어."

말은 저렇게 해서도 기억이 하나도 없는 나를 보는 모습이 분명히 좋지 않으셨을 것이다. 선생님을 따라 나도 다시 웃었다.

"아저씨라 불리다가 선생님 소리를 다시 들으니까 어색한걸."

"그래서 어떠세요?"

"아주 좋다는 말이지."

뭐 그런 질문을 다 하냐는 듯한 선생님의 말투. 이제야 모든 퍼즐이 맞추어졌다.

"으으… 아무리 날씨가 풀렸다지만 이 날씨에 아이스크림까지 먹고. 안 추워?"

우민이가 중얼거리며 겉옷을 여몄다. 우리 다섯은 선생님과의 상담 후에 만나 근처 편의점에 들러 아이스크림을 입에 하나씩 물고 천천히 마을을 걸었다.

여섯 시. 해는 이미 산 뒤로 넘어갔고 어둠이 깔린 시멘트 도로를 가로등이 붉게 비추고 있었다. 먹는 속도가 빠른 나는 이미 다 먹은 아이스크림 막대를 이로 잘근잘근 씹다가 쓰레기통 안으로 퉤 뱉었다. 얼마나 걸었을까, 찬희가 작게 채연이에게 말했다.

"미안해, 정말로."

채연이가 힐끔 찬희를 쳐다봤다. 170이 넘는 큰 키를 가진 안채연. 찬희도 작은 키는 아니었지만 채연이가 찬희보다 조금 더 크다 보니 찬희가 더 작아 보였다. 채연이는 시선을 돌려 묵묵히 아이스크림 콘만 뜯어 먹더니 아이스크림을 다 먹자 그제야 입을 열었다.

"그 사과를 왜 나한테 해. 박태양한테 해야지. 솔직히 네가 나한테 사과하는 것만큼이나 내가 너를 원망하는 것도 이상하잖아? 내가 박태양도 아니고 나도 걔한테 잘한 것 하나 없는데. 아니, 오히려 더 못살게 굴기도 했는데 뭐."

채연이의 말에 찬희가 아프게 웃었다. 그리고 작게 속삭였다.

"그럼… 이제 된 건가?"

"그럼, 당연하지. 우리 둘 다 박태양에게는 미안해해야 해."

채연이가 대답했다. 저 담장 너머에서 길고양이가 야옹거리는 소리가 작게 들려왔다. 우민이가 고개를 돌려 하늘을 바라보았다. 훌쩍이는 소리를 나는 똑똑히 들었고. 나도 따라 하늘을 올려다보았다. 어제 뜬 달보다 더 밝은 달이 우리를 환하게 비추고 있었다. 달빛이 드는 곳에 다 함께 서 있으니 기분이 오묘했다. 하지만 분명한 것은, 우리에게 가장 크게 자리 잡고 있는 감정은 감사함이라는 것이다. 최근 들어, 가장 긴 하루였다.

며칠이 지났다. 선생님과의 상담 끝에 나온 결론은 삼 일 후부터 바로 일을 시작하자는 것이었다. 안 그래도 요즘 학생들이 일을 많이 그만두어 다른 친구들이 눈코 뜰 새 없이 바빴고 많은 기억들을 가져가야 하니 더 그만둔다고 했다. 일주일 후부터 시작하자고 권하셨지만 내가 삼 일로 줄였다. 서리가 몇 개의 기억들을 이미 돌려주기는 했지만 아직 내가 돌려주어야 하는 기억들이 많이 남아 있었다. 빨리 시작할수록 좋았다. 역시 강서리가 강하긴 강한가보다. 오랜 기간 가지고 있었던 기억들 중에서 내 기억이 된 것이 하나도 없었다. 어쩌면 1등은 내가 아닌 강서리가 해야 했던 것일지도 모르겠다. 그래도 이제는 돌아왔으니 다시 1등을 해도 괜찮지 않을까? 쉬는 기간 동안 더 건강해진 나니까.

루나 아주머니도 하숙집 아주머니 행세를 때려치우고 다시 학교로 복귀하셨다. 내가 감사하다고 몇 번이나 허리를 푹 숙이고 인사했고 아주머니는 어깨를 토닥여 주셨다. 그걸로 된 줄 알았는데 내가 하숙집에서 친 사고들로 계속 놀리신다. 특히 성적표를 보고 말이다. 그래도 자그마치 삼 년 동안 나를 위해 일해 주셔서 말로 표현을 못 할 정도로 감사한 것은 사실이고 절대로 변하지 않을 거다. 아, 그리고 찬희와 채연이는 내가 하는 일을 가르치는 학교 기숙사에서 생활하기로 했다. 물론 우리가 하는

제 4 장 기억의 끝자락

일을 배우는 것은 아니고. 채연이는 운동을 할 거라고 어렴풋이 진로를 정했고 찬희는 교사가 될 거라며 전보다 더 이를 갈며 공부했다. 두 방에서 찬희, 우민이, 나. 이렇게 방을 쓰고 서리와 채연이가 같은 방을 쓰게 됐다. 삼 년 전에 쓰던 방과 거의 비슷하고 특히 창이 크게 나 햇볕이 잘 들어 좋았는데 우민이는 먼지가 많이 들어오겠다며 투덜댔다. 역시 우리 둘은 정반대의 성격이 맞나 보다. 채연이는 학교의 넓은 체육관을 보고 방방 뛰며 좋아했다. 그리고 바로 배드민턴 라켓을 꺼내 같이 하자고 떼를 써 찬희와 같이 2대 1로 붙었는데도 졌다. 체력 하나는 끝내주는 녀석. 찬희와 체육관에 널브러져 숨을 골랐다. 채연이가 옆에서 킬킬대고 있는데 서리가 들어왔다.

"채연아, 잠시만 이리 와 봐."

무슨 일이 생겼나 싶었지만 서리의 얼굴에 숨기지 못하는 미소가 들어 있는 것을 보아서는 좋지 않은 일은 아닌 것 같았다. 찬희와 나도 궁금한 나머지 쫓아 가 보았다. 무슨 일이냐며 서리를 따라 학교 바깥으로 나온 채연이는 노을이 지는 언덕에서 내려오는 어떤 남자를 보고 온몸이 굳었다. 채연이가 중얼거렸다.

"어… 혹시?"

서리가 옆에서 흐뭇하게 웃었다.

"그래 맞아. 수소문하느라 고생 좀 했지. 나보다는 우민이가. 그리고 사실 옛날부터 태양이가 수소문하고 있었어."

언덕에서 내려오던 남자가 채연이를 향해 두 팔을 쩍 벌리자 그제야 채연이는 기쁨에 탄성을 지르며 그 남자에게 달려갔다.

"오빠!"

채연이의 오빠는 채연이가 품에 안기자마자 무게를 감당하지 못하고 뒤로 넘어가며 엉덩방아를 찧었다. 하지만 채연이는 아랑곳하지 않고 오빠의 어깨에 얼굴을 묻고 펑펑 울었다. 어찌나 세게 껴안았던지 채연이의 오빠는 숨이 막혀 컥컥거렸다. 하지만 얼굴에는 행복함이 가득했다. 스물세 살인 채연이의 오빠는 내가 일하는 학교에서 아이들을 돌보아주는 일을 하기로 했다. 채연이는 꿈이 아니라는 사실에 다시 울음을 터트렸고 감사 기도를 얼마나 했는지 모르겠다. 안채연이 우는 건 또 처음 보네. 괜히 울컥했다.

납골당에 가서 태양이의 이름을 찾아 우리 사진을 끼워두고 왔다. 누구보다도 나와 우민이가 화해하기를, 서리와 내가 싸우지 않기를 바라던 친구였으니까. 그리고 분명히 채연이와 찬희가 만난다면 자신으로 인해 갈등이 생기는 것을 원하지 않았을 거다. 그리고 지금 우리가 이렇게 잘 지내고 있으니까.

정말 넌 멋진 친구였어.

기억의 아이들
그것이 우리가 하는 일이니까.

고작 한 계절이 지났을 뿐인데 너무 많은 일들이 한꺼번에 닥쳐서인지 일 년이 다 지나간 것처럼 느껴졌다. 그날따라 눈이 일찍 떠져 방을 나와 테라스로 갔다. 고개를 돌려 보니 서리 또한 옆방의 테라스 의자에 앉아 있었다. 서리가 나와 눈이 마주치자 자신의 방으로 오라고 손짓했다. 이 상쾌한 새벽 공기를 혼자서만 즐기는 것 보다는 같이 있으면 더 좋겠지. 고개를 끄덕이고 미소를 가득 머금은 채 방으로 들어갔다.

"채연이는? 일어난 것 같은데."

"과자 사러 나갔어."

"이 아침에?"

내가 눈을 둥그렇게 뜨며 물었다. 서리가 키득거렸다.

"나보다 너랑 지낸 시간이 길면서 아직도 적응을 못 했니?"

서리의 물음에 나도 따라 웃었다. 찬희는 역시 방에서 작은 전등을 켜 놓고 공부에 전념하고 있었고 우민이는 꿈나라를 마음껏 여행하고 있었다. 얼굴에 행복감이 가득한 것을 보아서 멋진 여행인가 보다. 아래를 내려다보니 채연이가 과자를 한 아름 안고 뛰어오는 것이 작게 보였다. 땅에는 아직 안개가 깔려 있었고 산 아래에서는 지금쯤 태양이 구름 군대를 이끌고 멋진 행진을 준비하고 있을 터였다. 그때면 세상을 덮고 있던 안개의 베일이 멋지게 벗겨질 테고 또 새 세상이 태양을 반갑게 맞이하겠지.

바람이 불었다. 시원한 바람이었지만 따뜻함을 품속 가득 안고 있었다. 여름이 오고 있다. 곧 일 년처럼 길었던 봄에게 작별을 고해야 할 날이 오겠지. 옆에 앉은 서리는 편안한 표정으로 저 뒤쪽에 흐릿하게 보이는 산을 바라보고 있었다. 얕게 깔린 안개가 더욱 상쾌했다. 이 행복을 주서서 감사하다고 짧게 기도드렸다. 그리고 행복이 부풀어 올랐다. 학교 바로 앞 교회에서 아주머니 한 분이 바닥을 쓸었다.

Epilogue

비록 크고 작은 희생이 있었을지라도, 그 희생은 함께 살아가는 누군가의 행복과 기쁨을 위해서였다. 한 명이 감당할 수 없는 짐을 함께 지고 간다는 것이 진정한 행복임을 체험하게 되었고, 그것이 우리가 하는 일이니까.

나는, 아니 우리는. 감사하고 또 그 속에서 행복했다.

까만 눈동자, END

까만 눈동자

초판 발행 2022년 4월 19일

글쓴이 · 은샘물
발행인 · 이낙규
발행처 · ㈜샘앤북스
　　　　신고 제2013-000086호
　　　　서울시 영등포구 양평로22길 21, 선유도코오롱디지털타워 310호
　　　　Tel. 02-323-6763 / Fax. 02-323-6764
　　　　E-mail. wisdom6763@hanmail.net
ISBN 979-11-5626-386-9　03800